BONNIE MARCELÉ

A Lélek húrjai

novum pro

Ez a könyv
e-könyvként
is elérhető
w w w . n o v u m p u b l i s h i n g . h u

Climate neutral
Print product
ClimatePartner.com/16547-2201-1002

Tartalomjegyzék

*A történet kitalált eseményeken alapul,
a szereplők kitalált alakok, a valósággal való
bármilyen egyezésük csupán a véletlen műve*

Előszó

El sem tudjátok képzelni, hányszor jutott eszembe, hogy elkezdem írni ezt a történetet, és hányszor képzeltem el, hogy egyszer, amikor sok időm lesz, megírom. Leginkább úgy képzeltem el, hogy legkésőbb akkor vetem papírra, amikor nyugdíjas leszek és ezáltal időmilliomos. Ülök a nyaralónk kertjében egy árnyas fa alatt, jéghideg limonádét kortyolgatok, miközben testemet a napsugár ezer sugarával simogatja, vagy ülök a kedvenc helyemen, a tóparton az aznapi még szebb naplementére várva, vagy a ház teraszán ülve, miközben a kopogó eső megnyugtató hangját hallgatom a tetőn egy ráérős napon, gondtalanul nekivágva a feladatnak, papírra vetem történetem.

Korábban több alkalommal neki akartam ugyan kezdeni, de túl frissnek éreztem a sebet a szívemen, vagy amikor úgy éreztem, hogy készen állok a feladatra és csak éppen elkezdtem beleolvasni a történetem alapjául szolgáló naplómba, úgy éreztem, a seb felszakad, és ösztönösen megvédtem magamat az újabb sérüléstől: félretettem a megsárgult papíron lévő, helyenként alig-alig olvasható sorokat. Máskor időm nem volt az állandó munka és a felgyülemlett otthoni feladatok között.

Múlt ősszel egy takarítás közben akadt ismételten kezembe az a köteg megsárgult papír, szinte el is felejtettem, hogy hova dugtam el korábban. Aznap csak ültem az ágyam szélén, kezemben görcsösen szorítottam a gyűrött papírokat, és ahogy olvastam a sorokat, szinte megelevenedett előttem minden, ami azon a nyáron történt. A kutyám, az alig egy éves máltai selyemkutya, ott feküdt szorosan mellettem, mint most is, és csodálkozva figyelte, hogy a mindig vidám gazdája szeméből lassan peregnek a könnyek, és a sírásom elfojtott zokogásba torkollik. Vigasztalásképpen nyalt rajtam egyet-kettőt, én megsimogattam, hogy tudassam vele, nincsen semmi baj. Ezek szerint még mindig fáj? – kérdeztem magamtól. Inkább az öröm könnyei voltak ezek, melyek patakzottak a szememből és annak a tudatnak szóltak, hogy része volt az életemnek. Bár a Sors kicsit fukarul bánt velünk, nekünk ennyi jutott.

Huszonöt év telt el azóta, saját laptopom van, tehát nem kézzel kell írnom ezt a történetet, mint ahogy valaha elképzeltem. Most, hogy elkapott valami felső légúti nyavalya, a testem pihenni akar, de épp ez az idő alkalmas arra, hogy megnyíljon az elme, és belevethessem magam az írásba. Végre elkezdhetem kiírni magamból az elmúlt két és fél évtized alatt érzett örömet és bánatot (betegen bátrabb az ember?), ami nap mint nap megfogalmazódott bennem, ha a múltba visszanéztem, csak kimondani nem lehetett: nem lett volna értelme. Bár azt tanultam tőle, hogy mindig csak előrefele kell nézni, sosem hátra. Mostanság nem kérdeztem tőle, hogy osztja-e még ezt a nézetet, bár az idő minden emberen változtat.

A fiam már felnőtt, pár év választja csak el attól, hogy elérje azt a kort, amennyi én voltam, amikor ez a történet játszódott. A lányom még pár év, és felnőtt lesz, és nem kívánok nekik mást, mint hogy legyen bátorságuk átélni azt a lángoló szerelmet, azt a fajtát, ami elveszi az ember eszét; ami a lelkük mélyéig hatol; amitől olyan érzésük lesz, hogy ők a legkülönbek az egész világon, és hogy tudatosuljon bennük az érzés, hogy fiatalok és szabadok, és lelkem mélyén kívánom nekik, hogy egy pillantás, egy mosoly, egy érintés, egy simogatás, egy csók örökre változtassa meg az életüket, és végezetül értsék meg ezáltal, hogy kik is ők valójában, és legyen egy érzés bennük, ami miatt huszonöt év után is érdemes könnyet hullatniuk, azzal a megsemmisítő tudattal, hogy az első szerelem nagyritkán lesz csak életre szóló …

És üzenem *neki* arra a kérdésére – amikor azt kérte, hogy ne válaszoljak, csak nézzek a szemébe – (azt kérdezte ugyanis, hogy szerelmes vagyok-e belé, vagy csak kedvelem), hogy igen, őrülten szerelmes voltam belé, és a földkerekségen nem szerettem rajta kívül addig úgy senkit. Bízom benne, hogy egykoron kiolvasta a választ a szememből. Azóta sem kérdeztem meg tőle, hogy értette-e, hogy mit feleltem. Utólag azon gondolkodom, hogy miért félt a választól annyira, miért nem engedett megszólalni.

Történetemet tehát két gyermekemnek, Aaron-nak és Bellának ajánlom azzal, hogy legyen részük egy csodálatosan szép életben!

A lányom, Bella, talált egy dalt. Azt mondta: – „Anya, ha egyszer megfilmesítik a regényedet, ez a dal legyen a végén, rátok illik: *Alec Benjamin: The book of you & I*"
Meghallgattam a dalt, s most már tudom, hogy mindent ért … Köszönöm neki.

Első fejezet

Máig is többször kérdezte magától, hogy mi indíttatta arra, hogy belevágjon a nagy ismeretlenbe, és hogy szedte össze magát, hogy szülővárosából egyedül elinduljon egy ismeretlen városba, hogy volt ekkora bátorsága. A választ maga sem találta. Sosem volt előtte és utána sem ilyen mindent elsöprő késztetése. Talán ha hitt volna a sors eleve elrendeltető erejében, azt mondja: neki ez volt megírva, ezt az utat kellett bejárnia ahhoz, hogy felismerje az énjének azt az oldalát, amit enélkül sosem ismert volna meg, személyisége ettől vált teljessé, olyanná, mint amilyen most lett.

Persze azóta sem beszélt vele erről, hogy ő mivel lett több, mennyivel lett más, mit tanult ebből a kapcsolatból. Akkor azt hitte a fiú magáról, ő már kész van, így teljes, nem formálható. Én is azt gondoltam róla. Utólag visszanézve ő is az a félig siheder, félig felnőtt fajta volt, akinek ugyan határozott elképzelései voltak a világról, mégis számtalan körülmény befolyásolta elképzeléseit és tetteit az életében.

Amikor nagy ritkán összefutnak, a buta „hogy vagy" és „hogy telnek a mindennapjaid"-on kívül semmi ehhez hasonló fontos kérdés nem jut eszébe, szinte megbénul, úgy kerüli a témát a múltról, mintha kimondani vészterhes lenne, hogy mit érzett, milyen volt akkor, és ebből az érzésből mennyi morzsát lehetne összecsipegetniük, ha volna rá még idő és körülmény …

Azóta gyakran vigyorog még Fred híres spontaneitásán, melyre igyekezett őt megtanítani, bár nem sikerült: nem hagyta magát, más fából volt faragva. Szeretett régen és most is töviről hegyire megszervezni mindent. Így élte az életét. De amióta Fred dolgozó orvos, férj és apa lett már ő sem szaladgálhat bármilyen időpontban ide-oda, ahogy tőle korábban elvárta, őt is beszippantotta a mindennapi élet által előírt kötelesség. A pár évente megszervezendő találkozásaik menedzselése sem volt egyszerű feladat, több alkalommal idő hiányában kudarcba is fulladt. Most is a fülébe csengett, ahogy beleszól a mobiljába és „*kiskezitcsókolom*"-mal köszön bele a telefonba húsz év után is. Ezzel mosolyt csal az arcára. Persze közben nem látja mosolyogni ezen, nem láthatja, mert távol van, egyébként is titkolja előle, hogy milyen jólesik.

Egyszer Bonnie szülővárosának főutcáján lévő fagylaltozó teraszán üldögéltek, és kb. tíz év távlatából a cukrászda teraszán ülve Bonnie megkérdezte Fredtől, hogy szerelmes volt-e akkor belé. Őszintén belenézett a lány szemébe, és igennel felelt. Akkor, abban a pillanatban engedte el a lelkétől, hagyta, hogy immár hadd járja egyedül az útját, és kívánta neki teljes szívéből, hogy megtalálja a párját. Nem sokkal később sikerült is neki. Bonnie attól a perctől lett felnőtt, pedig akkor már két gyermek büszke anyukája volt, férjezett és boldog.

Huszonöt évvel később egy hajnalban csatakosra izzadva ébredt, és egész nap úgy érezte, hogy ülnek a mellkasán: sejtette, hogy baj lehet *vele*. Azt álmodta, hogy Fred sírt, édesanyja pedig dühösen kérte számon. Valami jadeköves fülbevaló párját is keresték, mely örökre elveszett, pénzről is szó volt, amit Fred ráköltött valakire. Másnap éjjel, mintha csak folytatásos film szereplője lenne, azt álmodta, hogy a tóparton elöntötte Fred faházát a víz és nincs hova hazamennie. Harmadnap éjjel pedig mellette feküdt meztelenül, csak egy fehér törülközőbe volt belebugyolálva. Az álmok napokig nyomasztották Bonnie-t, aki egy esti kutyasétáltatás közben megkérdezte a férjét, hogy szerinte nagy baj lenne-e, ha megkérdezné Fredtől, mi a baj. Charlie nyugodt volt, tudta jól, hogy mit jelentett Bonnie-nak a férfi, magához húzta, majd a szemébe nézett, egy hajtincset kisimított Bonnie homlokából, és megcsókolta: „Nyugodtan hívd fel, ha ez téged megnyugtat" – felelte. Pár nappal később ráírt a fiúra, semleges témákról beszélgettek, míg Bonnie összeszedte a bátorságát, hogy megkérdezze Fredet, mi a baj. Fred kezdetben terelte a témát, Bonnie pedig kellemetlenül érezte magát, hogy buta álmok okozta furcsa érzések kerítették hatalmába.

– Konkrétan semmi nem történt, se jó, se rossz. Az álomfejtéshez nem értek, de ha rájössz, hogy mit jelent, akkor mondd el, kérlek! – írta vissza.

– Fogalmam sincs – felelte Bonnie –, de rosszkedvű voltál, és ez nyomasztott engem. Örülök, ha minden rendben.

– Persze vannak gondok, mint bárhol, de semmi új – terelte a témát Fred, majd folytatta. – A fő változás, hogy kicsit felgyorsítottuk a vállást.

Két „l” – lel írta, összegezte Bonnie.

Ahogy Bonnie olvasni kezdte a sorokat, úgy érezte, nem kap levegőt. A szíve hevesebben vert, leizzadt, forogni kezdett vele a világ, szeme megtelt könnyel, a torka elszorult. A fiú, akit valaha a világon legjobban szeretett, szomorú. Őszintén sajnálta érte, nem ezt érdemelte a sorstól. Csak annyi ereje volt, hogy néhány kérdőjelet írjon vissza. Megdöbbent magán: bebizonyosodott, hogy valami titkos, elszakíthatatlan és láthatatlan szál köti őket össze, hogy ennyi idő és távolság távlatából is megérezte, hogy Frednek nagyon fáj valami. Ott, azon az éjszakán, július 18-án, amikor odaadta a testét neki, vágyainak hevében biztos volt benne, hogy a lelkét is odaadta vele, de nem sejtette, hogy egy kicsiny darab, ami már neki nem hiányzott(?), hisz' teljes volt az élete nélküle, ott marad Frednél mindörökre.

– Nem hiszem, hogy ilyen intuitív vagyok. Sajnálom.

– Nincs mit. Már több mint egy éve külön élünk. Sokáig próbáltam rendbe hozni, de ami nem megy, azt nem kell erőltetni.

A három gyermek közül a legnagyobb fiú vele maradt, a középső fiú és a kislány pedig az édesanyjuknál. Bonnie szemében gyűltek a könnyek, de úgy érezte, valami biztatót kell mondania, amiben maga sem hitt. Közel ötven évesen már nem könnyű új családot alapítani, új társat találni, akivel nem öregedett össze, nehéz lehet a már megrögzött szokásokat feladni valaki kedvéért, akit alig ismerünk – gondolta.

– Na, de az életben van jó és rossz is, mindenen túl kell jutni, majd idővel lesz másik családod … Tudom, hogy van hozzá erőd, majd szurkolok neked a távolból, úgyis intuitív vagyok … –

Visszaolvasva a sorokat laposnak és klisésnek tűnt, amit írt, de már nem tudta törölni őket, mert Fred elolvasta.

Azon a délután a kutyát kellett a kutyakozmetikushoz vinni, és amíg várt rá, hogy megnyírják, megfürdessék és fényesre szárítsák a bundáját, kiült a lakótelep közepén lévő tó partjára, szemében gyűltek a könnyek és sírt. A májusi nap égette bőrét, idegenek mentek el előtte a kutyáikat sétáltatva, de nem látta őket, szemében gyűlt a homály ... Nem szégyellte, hogy sír. Nem értette, miért sír. Az ő élete rendben volt: jó állás, két szép gyermek, szerető férj vette körül, nem szűkölködtek semmiben. Tudta jól, hogy Fredet és őt csak a szenvedély tartotta össze, a csókok, az ölelések, a simogatások és a szeretkezések, a vágy, amit gyújtott benne megannyi alkalommal, amikor hozzáért. Eljátszott a gondolattal, hogy mi lenne most velük, ha együtt maradtak volna. Biztos volt benne, hogy most ő lenne szomorú, akit elhagytak, megcsaltak, semmibe véve az érzelmeit, és hálás volt a sorsnak, hogy nem ő van ebben a helyzetben. Felhívta hát a férjét, s kérte, hogy munka után jöjjön el a Zápor-tóhoz, a padhoz, ahol ül. Amikor Charlie megérkezett, csendben leült mellé a padra, kezét kezébe vette, Bonnie pedig megmagyarázhatatlan, hangos zokogásban tört ki. Charlie semmit sem értett, de hagyta, hogy Bonnie sírása alábbhagyjon, várta, hogy megszólaljon, s közben hangtalanul csókolta le a lány arcáról a könnyeket ...

Második fejezet

Azt mindenképpen tudta, hogy nem az egyetemen szeretné tölteni a negyedéves sebészet nyári gyakorlatát, így az egyetemen a csoportjukba egy újonnan érkezett, nála idősebb lánnyal levelet írtak Keszthelyre, hogy tölthetnék-e ott a gyakorlatukat, mire pozitív választ kaptak. Keszthely, a Balaton-parti város csábította őket délutáni pihenésre, strandolásra. Valami belső indíttatásból (nevezhetjük sorsszerűnek) azonban önmagától elhatározva később Pécsre írt levelet, onnan is megerősítő választ kapott, hogy szeretettel várják a nyári sebészet gyakorlat letöltésére. Arra már nem emlékezett, hogy mit szólt a csoporttársa, hogy cserbenhagyta, de az biztos, hogy többet nem beszéltek. Itt ért véget a „barátság", bár azt akkor sem érezte többnek, mint egy számára terhes ismeretségnek.

Pécsett egy alkalommal járt még gimis korában, átutazóban, illetve egy hetet töltött a közeli tónál, Orfűn a szüleivel. Akkor nem ismert a városból semmit, most pedig, ha bárhol letennék, biztos egy számára ismert helyen kötne ki félórán belül …

1995. június végét írt a naptár, pontosan június 25-e volt, vasárnap délután.

Zuhogott az eső, jóleső meleg áztató eső fogadta a városba érve. Azóta is ez történik, ha több napra ebbe a városba utazom – gondolt később erre a napra vissza. Nem tudta megfejteni azóta sem, hogy az ég részéről ezek az öröm vagy a bánat könnyei-e. Mindenesetre azóta a város húsz kilométeres körzetébe érve mélyebbet kell szippantania a levegőből, érzi, hogy a szíve is hevesebben ver, de ez nem az a heves szívdobogás, ami pl. vizsga előtt éri el az embert, hanem a boldogság és a kiteljesedés miatti izgalom; ott olyan szabadnak érzi magát, ami az élet kötelességekkel teli mindennapjai között lehetetlenség. Függetlennek, szabadnak, szinte mindenhatónak érzi magát Pécsett. Ismer minden épületet, fát, bokrot; tudja, merre járnak a buszok, és hol vezet a legrövidebb út a belvárosba. Itt nem kell elszámolnia az idővel, a szavaival, a tetteivel, a vágyaival. Maga lehet, teljesen önmaga. Mintha itt lenne kapcsolata a transzcendentálissal – töprengett el ezen –, és mintha minden alkalommal angyalok hívnák magukkal egy-egy repülésre. Ha madár lenne, gyakran messze szárnyalna vitorlázó repülésben a város felett. A tévétorony, meg a Havi-hegy felől repülne be a város főterére, és megtenné ezt akárhányszor, amikor csak a lelke kívánja. Fürdene a Zsolnay-kútban, ha meleg lenne az idő, és inna pár kortyot a vízéből.

Minden alkalommal áhítattal sétál a belvárosban, nézegeti az épületeket olyan szemmel, mintha ismerne valami régi titkot velük kapcsolatban, mintha tudná, mikor épültek, vagy hogy kik laktak bennük, vagy milyen kézműves mesterséget űzők árulták portékáikat a földszinten lévő üzletekben. Szinte a szeme előtt elevenedik meg a régi belváros, szemei előtt látja a múltban a kerámiagyárban dolgozó embereket, vagy a híres, kesztyűt gyártó üzemet, látni véli a tavat, ahol valaha a lovakat fürdették, a patakot, amiben a bőröket áztatták. Mintha előző életében járt volna itt, mintha tudatában lenne a múlt egy titkos, elveszett darabkájának, amit rajta kívül senki sem lát. Akkor lett szerelmes a városba, első látásra …

A kollégium ablaka előtt virágzó hársfák illatától terhes volt a levegő. Kedvence lett ez az illat, ha lenne ilyen parfüm, biztosan csak azt használná, hogy az élet minden percében emlékezzen erre az illatra és a városra. Miután a kedves portás megmutatta a szobáját és kipakolta a bőröndjét, végigjárta az esőáztatta Király utcát, ami nemes egyszerűségében, a bezárt boltokkal, a hívogató kirakatokkal, az üres kiülőhelyiségekkel és vendéglátóegységekkel is első látásra ezerszer szebbnek tűnt, mint szülővárosa, ahol addig huszonkét évig élt.

A szobája egyszerű kollégiumi szoba volt. Bár azelőtt sosem lakott kollégiumban, valószínűleg azért volt mégis elviselhető elkényeztetett lényének, mert nyári szünet lévén majdhogynem üresen kongott. Még szobát is lehetett választania – tudta, csak a kitüntetettek kapnak ehhez hasonlót, mint az övé. Ötös számú szoba. Volt benne két ágy (egy dupla és egy szimpla), asztal, szék, még hűtőszekrény is, ami nagy dolognak számított. Saját fürdőszobája is volt, de ennek nem örülhetett sokáig, mert pár nap múlva a marcona hangú és kinézetű kollégiumi gondoknő úgy vélekedett, hogy nem ő az a prominens személyiség, aki valóban kiérdemelné ezt a szobát, amit a portás nagylelkűen kiutalt számára.

Az esti séta során azt volt a benyomása a városról, hogy olyan nagy, hogy nem látni, hol kezdődik és hol ér véget. Ilyen gondolatok érlelődtek benne annak ellenére, hogy egy ehhez hasonló nagyvárosban élt. Úgy érezte, hogy ez a legszebb hely, amit valaha látott. Valahogy rabul ejtette a szívét annak ellenére, hogy szomorúan, unottan, csendesen esett az eső. A kollégiumból kilépve átsétált egy hársfákkal teli parkon, át a túloldalra, miközben szorosan összehúzta magán a kabátot és kinyitotta az ernyőt. A Búza téren át a Király utcára jutott. A Búza tér elhagyatott, szinte már romos házai mellett lépdelve felelevenedett benne a kép, hogy itt piac lehetett korábban – szinte látta maga előtt az árusokat, érezte a levegőben a sült kolbász illatát, hallotta a piaci ricsajt. Visszatérve az álmodozásból nem volt ott más, csak rom, piszok, düledező régi épületek, de felsejlett a téren a régmúlt varázsa. Mintha száz éve meghalt emberek lelkei hívták volna, hogy egy pár percre szívesen megmutatják neki, milyen is volt az élet itt valójában. Kitüntetett személynek látták; érezte, hogy a múlt kicsi darabkájának átélésére nem mindenki hivatott.

Olyan érzés kerítette hatalmába, mint amikor az ember a nagyszülők tárgyai között keresgél a haláluk után és talál egy régi, a jelenben már okafogyott használati tárgyat, mely azért szép, mert el tudja képzelni, hogy régen eredeti, becses fényében tündökölt, és persze, hogy a szeretett nagyszülőé volt. Olyan volt az utca, a tér, mintha régi önmaga létezett volna itt évtizedekkel korábban vagy még régebben. A Király utca házai, a színház, mind mintha a régi énje széttörött tükördarabkái közül villantak volna elő. A Nádor szálló a Széchenyi-téren – melyet bezártak évekkel ezelőtt – régi bálokról mesélt, keringőt táncoló, szép ruhás hölgyekről, őket ölelő, kalapos ifjakról. Valahogy emlékeiben halványan felderengett, hogy a nagyszülei itt voltak nászúton és ebben a szállóban szálltak meg az 1930-as években. A sejtjeiben érezte a város lüktetését, mint régi, becses örökséget. Azt érezte, sorsa lett ez a város, hogy valamiért össze fog függeni az életével, és csak parányi része ez annak az összefüggésnek, amit eddig látott és megértett. Elsétált a buszmegállóhoz egészen az áruházig, hogy megnézze a buszmenetrendet, ami az egyetemig visz. Nincs messze, talán tíz perc lehet – gondolta. Persze a kollégiummal szemben fel lehet szállni a buszra, vagy kevéssé sietős reggeleken sétálni is lehet egy darabon.

Magányos volt, de jóleső magány volt ez, mely az elmét kitárja a lélek szárnycsapásainak segítségével, hogy beengedjen mindent, ami eddig láthatatlan volt, a mindennapi élet rohanó tempója és gondolatai között mélyen eltemetve. Látta magát, ahogy levetkőzi a jól nevelt gátlásokat és ott áll pőrén, tisztára fürödve egy új élet kapujában, és nem szégyellte magát ...

Érezte, hogy nem lesz sokáig magányos, bár nem szeretett volna nem lenni magányos abban a pillanatban. De a sors ezt is előrevetítette. Az élet filmkockájából villant fel előtte egy homályos, szinte kivehetetlen részlet ...

A Konzum Áruház előtt sétált tovább, a szél kifordította az esernyőjét. A szél ellenébe tartotta, ahogy nagymamájától tanulta egykoron, és az ernyő visszanyerte eredeti alakját. Meglátott egy újságárust, vasárnap lévén éppen zárni készülődött.

– Jó napot kívánok!

– Jó napot – felelte a mosolygós újságárus.

Bonnie látta, hogy a hölgy kedvesen mosolyog rá. Haja rövid, fekete volt, testalkata kissé molett. Kb. ötven éves lehet – gondolta.

– Szeretnék kérni egy várostérképet.

– Tessék, 500 Ft lesz – felelte a nő mosolyogva.

– Nem tudja véletlenül, hogy mivel tudok eljutni a klinikára?

A nő rövid gondolkodás után megnevezte a buszt, ami arra jár.

– Két buszjegyet is kérek – mondta Bonnie.

Fizetett, majd összehúzta magán a kabátot és feje fölé tartotta a fekete alapon fehér pöttyös esernyőjét. A buszjegyekkel a zsebében és a térképpel kezében magabiztosan elköszönt. Mindenesetre már volt egy térképe, amely segítségével eltervezte, hogy jut el majd másnap a klinikára.

Hazaérvén a kollégiumi szobájába vállfára akasztotta nedves kabátját, kinyitotta a nagy pöttyös esernyőt a szoba közepén, melytől rögtön betelt a szoba és szinte mozdulni sem lehetett.

Megette a müzlit tejjel, melyet otthonról hozott, majd egy gyors zuhanyozás és fogmosás után hasra feküdt az ágyán, hogy tanulmányozza térképet, majd leoltotta a villanyt, hogy pihenjen, hogy teste-lelke készen álljon a másnapi új impulzusokra, mely befogadására az ember pihenten képes csak teljesen. De persze mielőtt lehunyta kék szemét, Bonnie megszámolta a sarkokat ...

Harmadik fejezet

Reggel verőfényes napsütésre ébredt, nyoma sem volt már az előző napi szomorú, csendes esőnek. Gyomrában valami csekély félelemmel töltött szorongással nézett ki az ablakon, de amint beszívta a kellemes hársfaillatot, a kellemetlen érzések rögtön elpárologtak, helyükbe bátorság, az ismeretlennel való kihívó szembenézés és a szabadság érzése vegyült.

Bonnie gyorsan bekanalazta a reggeli müzlit tejjel, gyorsan megkent egy szendvicset, melyet gondosan becsomagolt. Letusolt, megfésülte rövid, világosbarna haját, a tükör előtt vékony fekete vonalat húzott a szempillák vonalába, gyorsan feketére festette szempilláit. Fehér, csipkés blúzt vett fel, kék-fehér csíkos miniszoknyával. Ez a szoknya egy kislánykori vállpántos ruhának volt a szoknyarésze, melyet elvágtak, amikor kinőtte, s gumit húztak a derekába. Senki meg nem mondta volna, hogy nem a legújabb divat szerint készült. Imádta a magas talpú szandálokat, ez kiemelte formás, hosszú lábát, és nem mellesleg kényelmesnek is bizonyult. Lábkörmei diszkréten gyöngyházfényűre voltak festve, kezének körmein azonban nem volt lakk a sebészet gyakorlat miatt. Két aranygyűrű volt az ujján, és egy aranyfülbevaló a fülében. 169 cm magas volt, és 55 kiló. Szép volt, de sosem látta magát különösen szépnek, sosem használta ki szépségét. Életében mindig csak plátói szerelmek léteztek, vagy egy-egy unalmasnak tűnő randi után azt hitte, tudja, hogy mi a szerelem. Sokszor érzett szerelmet, ez éltette, fűtötte az életét, mint egy kazánt. Ez adta a meleget számára és lendítette előre a mindennapokban, miközben lelke mélyén régen egy olyan szerelemre vágyott, amitől elveszti az eszét, azt az eszét, aminek nagyon is tudatában volt minden percben, és sosem érzett gyengeséget vagy ahhoz hasonlót, hogy bárki el tudná téríteni szilárd elhatározásától. Szűzen akart férjhez menni, templomban esküdni örök hűséget. Bonnie szilárd lábakkal állt a földön, és tudta, mit akar. Jól teljesíteni, mindenkinek megfe-

lelni, diplomát szerezni, és egy jó állásban dolgozni. Magánéle-
te nem körvonalazódott ki ilyen határozottan előtte – vágyott
egy férfira, aki kényezteti, és ő szerelmesen két-három gyer-
meket szül majd neki.

Mindez mellékes volt most, amikor szakmai gyakorlatát fog-
ja tölteni a klinikán.

Becsomagolta hát fehér bőrpapucsát, fonendoszkópját a tá-
vol-keleti boltban vett, indiai mintás, sárga-barna hátizsákjá-
ba. Egyedül a hátizsák nem illett csinos öltözetéhez, de szeret-
te, mert minden elfért benne, viselése kényelmesnek bizonyult.

Átvágott a hársfaillatú kerten, szaporázta lépteit – nem tud-
ta, hogy mennyi időbe telik, míg eljut a klinikára. Reggel fél nyolc
volt. A buszmegálló a kert túlsó oldalán helyezkedett el, egy for-
galmas főút közelében. Nem kellett sokáig várnia, hamar megér-
kezett a 2-es számú busz. Felszállt, kilyukasztotta a jegyet, me-
lyet előző nap megvett. Így a reggeli órákban elég sokan ültek a
buszon, csak állóhely maradt, de nem bánta, mert állva, a kor-
láthoz dőlve ki tudott nézni az ablakon. Ismeretlen utakon vit-
te a busz, de a belvárost, ahol tegnap járt, illetve a Konzum Áru-
házat, az újságosbódét hamar felismerte. A tegnap esti eső után
nagy pocsolyák éktelenkedtek a betonon. A térkép szerint a Zsol-
nay-szobornál kanyarodott a busz a körforgalomba, a szobrot már
messziről csodálta. Az ablakból látta a Jakováli Hasszán-dzsámit
(ez az egyedüli olyan dzsámi, amelynek a minaretje is megma-
radt). A belváros után lakóházak következtek, egy elképesztően
magas toronyház, majd kisebb magánházak sorakoztak fel az út
kétoldalán. Kb. negyedóra múlva megérkezett az egyetem épü-
letéhez, leszállt a buszról. Az elméleti tömb parkosított udvarán
átvágott a négyszáz ágyas klinika épülete felé, ahogy a térkép mu-
tatta. Az épületbe lépve az az érzése támadt, hogy sokkal újabb és
modernebb lehet ez a klinika, mint az ő egyetemüké. A sebésze-
ti osztály a kiírás szerint a hatodik emeleten volt; beszállt a tá-
gas liftbe és megnyomta a gombot. A lift hamarosan megállt két
szinttel lejjebb, és egy üres fekvőkocsit toló fiatal beteghordó fiú
lépett a liftbe. Bonnie a kiírást nézte, hogy mikor áll meg a hato-
dik emeleten a lift, miközben a fiú szemtelenül végigmérte, ezt

szeme sarkából is jól látta. Formás lábán akadt meg a fiú szeme és ott elidőzött, Bonnie pedig zavarában nem bánta, hogy a lift megérkezett az emeletre és kiszállhatott végre. A hatodik emeleti folyosón látszólag magabiztosan lépdelt előre, de Bonnie érezte a szorongást a gyomra körül. Hirtelen feltűnt a folyosón egy fehér köpenyes sebész, a lány bemutatkozott neki.

– Jó napot kívánok! Bonnie Marcelé vagyok, sebészet gyakorlatra jöttem, IV. éves orvostanhallgató vagyok.

– Üdvözöllek, dr. Westmüller – nyújtotta Bonnie felé a kezét. Kezet ráztak.

Az orvos nem sokat beszélt vele, továbbküldte a titkárnőhöz. A titkárnő szobája nem volt messze, bekopogott hozzá. A hölgy nem volt túl nyájas, intett, hogy várjon odakinn. Pár perc múlva, miután letette a telefont, amin eddig folyamatosan cseverészett, újra intett a nyitott ajtóból. Bonnie bement.

– Jó napot. Bonnie Marcelé vagyok, IV. éves orvostanhallgató, sebészet gyakorlatra jöttem – ismételte az előbbi, begyakorolt mondatot.

– Jó napot, Bonnie. Adja ide az indexét, majd csatlakozzon a megbeszéléshez, ami nemsokára kezdődik a könyvtárban.

Pontban nyolc órakor orvosok csapata érkezett és haladt el mellette, de közülük mindössze egy vette őt észre, s megkérdezte, miért van itt. Bonnie bemutatkozott neki és elmondta, hogy sebészeti gyakorlatra jött. Hálás volt neki a kedvességéért ebben a nagy elesettségben, amit érzett. Magával hívta a referálóra, ami a könyvtárban volt minden reggel, pontban nyolc órakor. A referáló kb. félórát tartott, több hallgató is ült a székeken, kicsit távolabb az orvosoktól. A megbeszélés végén, dr. Smith – kiderült, hogy így hívták a szimpatikus sebész kollégát – bemutatta őt a többieknek. Bonnie egy fél percben elmesélte, hogy hívják, honnan jött, és meddig marad gyakorlaton. Ezután feloszlott a tömeg: mindenki ment a saját dolgára, műtőbe, ambulanciákra. Bonnie ott maradt egyedül a szétszéledt tömeg után és elhatározta, hogy meg kell találnia a raktárt, hogy köpenyt kölcsönözzön magának. Az alagsorban látta kiírva, hogy hová kell mennie, így leliftezett. Megvárta a raktárost az ajtó előtt.

– Jó napot, IV. éves orvostanhallgató vagyok, köpenyt szeretnék kérni.

A raktáros ránézett a lányra. Karcsú, kb. 40-es méretet viselhet – gondolta. Igyekezett kiválasztani a méretben és a fazonban a lánynak megfelelő köpenyt, mely előnyösen megmutatja vonalait, nem olyan lesz, mint egy zsák, melyet sebtében ráhúztak.

– Itt írja alá, hogy átvette! – dugott Bonnie orra alá egy füzetet, melyen a neve fölött több külföldi diák aláírása is szerepelt. Hamarosan köpennyel a karján ért vissza. Nem sejtette, hogy a legdivatosabb darabot kapta. Kereste az öltözőt, de nem találta, így megkérdezett egy kollégát a folyosón, aki megmutatta. Az öltöző leginkább kis előadóteremnek felelt meg: ajtaja üvegezett volt, átlátszatlan üvegből, benn a falon tábla, előtte székek és padok sorakoztak. A padokat összébb tolta valaki, hogy több hely legyen. Letette a hátizsákot a válláról, rápakolt egy üres székre, kicsatolta a szandálját és belebújt fehér papucsába. A saját ruháját nem vette le, arra vette fel a köpenyt. Az öltözőben több hallgató ruhái sorakoztak, nem volt benn senki. Bezárta az ajtót, visszavitte a kulcsot és ott állt megint a folyosó közepén és nem tudta, hogy mit csináljon. A folyosón éppen arra jövő kollégától megkérdezte, hogy miben tudna neki segíteni, de ő csak a fejét rázta, majd hirtelen elhatározásból azt javasolta, hogy menjen le vele az alagsorba, az ambulanciára. Később jött csak rá, hogy Mr. Smith volt megint, az a kedves doki, aki először útbaigazította. A rendelés lassan telt, Mr. Smith érsebész volt. Minden beteg ugyanazzal a problémával érkezett: duzzadtak és fájtak a lábaik, teli voltak visszerekkel. Mr. Smith magyarázott:

– A panaszok kezdetekor nem végzünk rögtön varicectomiat, van lehetőség ún. sclerotizáló terápiára, amikor egy bizonyos anyagot fecskendezünk a vénákba és a vénatágulat felszívódik.

Időközben mutatott is egy ilyen beavatkozást. Többnyire nők jöttek, vagy idősebb urak, akik álló foglalkozást űztek vagy túlsúllyal küzdöttek, gyógyszereket és kompressziós harisnyákat kaptak.

Bonnie csak állt a falnak támaszkodva, és figyelte a betegek ellátását. A rendelés vége felé két beteg közt Mr. Smith megkérdezte, hogy miért pont Pécsre jött gyakorlatra. Mielőtt Bonnie válaszolni tudott volna, válaszolt helyette:

– Persze, Pécs miatt.

– Egy alkalommal már jártam itt, a szüleimmel nyaraltunk Orfűn. Egy nap a városba is eljutottunk, de egy nap alatt nem sok mindent tudtunk megnézni. Szeretném jobban megismerni a várost – mondta.

– Bőven lesz idő rá, a város híres a pezsgő diákéletéről – felelte.

Dél körül szünetet tartottak. Átmenetileg elfogyott a beteg, és a doki ebédelni ment. Bonnie visszament az osztályra. Csengett a telefon a folyosón, a nővérek szóltak Bonnie-nak, hogy keresik. Nem volt ötlete, hogy ki lehet az.

– Mrs. Rude vagyok, a kollégiumi gondnok.

Bonnie gondolhatta volna, hogy a latin közmondás szerint „Nomen est omen", tehát a név előjel, de naiv volt, fiatalságában először mindenkiről a jót feltételezte. Az asszony, a kollégiumi gondnok számon kérte a telefonban, hogy ki az a lány, akit magával hozott.

– Én nem hoztam senkit, egyedül jöttem.

– Rendben, akkor önnek a korábban megbeszélt kollégiumi díjat kell fizetnie, nem az előbb említettet.

– Viszonthallásra!

– Viszonthallásra!

Bonnie letette a telefonkagylót a folyosón, körbenézett, és nem értette a helyzetet. Ez valami félreértés lehetett. Beült az öltözőbe és elnyammogta a szendvicset, amit reggel magának megkent, majd visszament az ambulanciára. Délután már fogyatkozni látszottak a betegek, és három óra fele Bonnie elköszönt, majd kilépett a klinika kapuján.

Kinn verőfényesen sütött a nap, bárányfelhők úsztak az égen, de aznap már két alkalommal eredt el az eső. Felszállt a buszra és kibuszozott a vasútállomásra, hogy megnézze, mikor indulnak a vonatok. Alaposan feljegyzetelte az indulásukat, majd a buszpályaudvarra is átsétált, s vett egy összvonalas havi bérletet.

Kb. három óra hosszát sétált a városban. Úgy érezte, mindig is járt itt, hogy ide született. Igaz, térkép volt a kezében, de szentül hitte, hogy ide tartozik. A szabadság érzése járta át minden porcikáját, ahogy a szél meglebbentette a szoknyáját. Fázott, amikor elbújt a nap a bárányfelhők mögé, belebújt a kardigánjába. Gyalog jött vissza az állomásról, elsétált a katonásan egymás mellett álló panelházak között, szemben észrevette a Vásárcsarnok épületét. Átvágott a Széchenyi téren, a Zsolnay-kútban épp egy galamb fürdött, távol a dzsámi épülete szikrázott a napfényben. Végigsétált a Király utcán, szabadságot érzett és valami végtelen vonzalmat, ami fogva tartja. Maga sem értette. Szemére húzta a napszemüveget, mert újra kisütött a nap, szikrázott a napsütés. Nézte a kirakatokat és a hömpölygő tömeget az utcán, a jókedvű fiatalokat az éttermek kerthelyiségeiben, ahogy nevetgélve beszélgettek egymással. A kirakatokban a legfrissebb divat szerinti ruhákat viselték a próbababák, otthon nem látott ilyen árukínálatot. Megcsodálta a ruhákat, de nem volt annyi pénze, hogy bármelyiket megvehesse. Kevés pénzzel engedték el otthonról, mindig spórolt, nem vágyott semmire, nem vágyott pénzre, olykor még enni is elfelejtett. Nem sejtette, hogy egyszer a legújabb divat szerint öltözik majd, és egy egész gardróbszoba lesz teli kedvenc márkájú ruháival.

Jóleső magány járt a jobbján, szerette, kiléphetett a mindennapok megszokott egyformaságából. A Király utca végén már nem volt nagy a tolongás, kevesebb volt az üzlet, egy órásmester működött itt még, de a régi, valószínűleg gyermekkönyveket áruló könyvesbolt bezárt, berácsozott kirakata mellett ment el. Az elhagyatott Búza tér felé vette az irányt, majd megérkezett a kollégiumba.

A portás egy üzenettel várta: Mrs. Rude szeretné, ha kiköltözne a szobából. Csak állt, és forgott körülötte a világ … Öszszeszedte magát, megköszönte az üzenetet, majd határozott léptekkel elindult a szobája felé a folyosón. Majd holnap felhívom – gondolta.

Negyedik fejezet

Másnap verőfényes napsütésre ébredt. Bonnie szélesre tárta az ablakot, a város még ébredezni látszott, autók halk zaja hallatszott a kollégiummal szemben, a parkon túli főútról. Az autók zaját elnyomta a park madarainak csicsergése. Teleszívta tüdejét a hársfaillattal. Boldog volt, szabad és önfeledt. Gyorsan elkészült: az volt a terve, hogy aznap hamarabb beér a klinikára. Indiai mintás hátizsákjába bepakolt még egy törülközőt, papucsot és a fürdőruháját, mert azt tervezte, hogy munka után elmegy a közeli strandra. Tudta, hogy reggelizni mindig kell pár falatot, ez volt a titka az állóképességének.

A reggeli referáló után műtétek következtek, bemosakodott hát, és a sebész mögül nézte, hogy mi történik a műtőasztalon. Az első műtét, amiben egyelőre nézőként, de részt vett, egy pajzsmirigy részleges eltávolítása volt, melyet túlműködés miatt végeztek. A gyógyszeres terápia már nem volt elegendő. Szerencsére sosem volt rosszul a műtéteknél, nem volt ájulós típus. Odahaza volt egy kollégája – akiből később szívsebész lett –, ő az első kórboncolás alkalmával kidőlt a sorból, tanúja volt az egész csoport, hogy elájult. Bonnie csodálkozott, mert a fiú izmos, kisportolt, okos srác volt, briliáns elme. Bonnie tudta, hogy jó idegekkel áldotta meg a sors. Kemény volt, és mindenre elszánt. Tudta, mi kell neki az életben, és céltudatosan haladt tervei megvalósítása felé. Emlékezett, hogy kislány korában édesanyja gyermekorvoshoz vitte valamilyen fertőző betegség kapcsán, és az orvos megjegyezte, hogy az ilyen hosszú szempillájú gyerekeknek, amilyen Bonnie-nak is van, megfigyelése szerint jó idegeik vannak.

Az operáció majdnem két óra hosszát tartott. Figyelte a sebész, a műtősnő és az aneszteziológus összehangolt munkáját; nagyra becsülte őket, de tudta, hogy belőle sosem lenne jó sebész. Nem volt kézügyessége. Inkább a belgyógyászatot szerette, a felnőttek gyógyítását. Kislány korában mindig arról ábrándozott, hogy gyermekorvos lesz, de az egyetemen rájött, hogy sajnálja a kicsiket és nem is találja meg velük úgy igazán a hangot, ahogy szeretné. Lehet, hogy édesanyja sugallata volt, hogy legyen gyermekorvos, erre már nem emlékezett biztosan. Szóval, belgyógyász akart lenni. Két műtét között evett egy pár falatot az aneszteziológussal. Érdekes, ők korán, hajnalban is tudtak enni, ezt már otthon, korábbi gyakorlat alkalmával megállapította. A második műtét is pajzsmirigyeltávolítás volt. A második és harmadik műtét között felhívta a kollégiumi gondnokasszonyt. Mrs. Rude megkérte, hogy költözzön ki a szobából, mert egy másik vendégnek van szüksége rá. Az új szoba a magasföldszint helyett az emeleten lesz, a 210-es. Biztosította Bonnie-t, hogy jobban jár vele, itt is lesz hűtőszekrénye, és két ágya, és remek lesz a kilátás. A hűtőszekrénynek örült, végül is vehet majd vajat, sajtot, felvágottat előre, hogy aztán reggelente elkészíthesse a szendvicsét. Az ágy száma mindegy volt, hisz' egyedül volt, de bízott benne, hogy nyári szünet lévén nincs nagy forgalom a kollégiumban, így nem kap majd szobatársat.

Bonnie letette a telefont és visszaindult az osztályra. A folyosón sétálva találkozott egy lánnyal.

– Szia, Andrea vagyok, hatodéves orvostanhallgató.

– Szia, Bonnie – nyújtotta felé a kezét.

– Államvizsgára készülök, most lesz nyár végén. Egy hónapig dolgozom a sebészeten.

Bonnie megfigyelte, hogyan vizsgálja a betegeket, majd megkérte, hogy mutassa meg a programot, amivel dolgozik, hogy ő is kezelhesse a számítógépet. A lány készséges volt. Miután kezdte megismerni a programot, észrevette, hogy kész panelek vannak benne, így csak azt a variációt kell kiválasztania az eleve beírt sémák közül, ami épp a betegére illik. Ez a program más volt, mint az ő egyetemén, gyorsabban és könnyebben lehetett vele dolgozni. Viszonylag hamar kiismerte és egyedül, segítség nélkül is használni tudta. Csodálkozott a hallgatók nagy szabadságán: bármit beírhatott a gépbe a betegről – anamnézisét, státuszát, gyógyszereit, bármit. Otthon nem volt szabad számítógépen dolgoznia, minden adatot kézzel kellett beírni a kórlapra (gondolta, azért, ha nem lenne helyes, amit ír, akkor javítható legyen). Egyenrangú félnek tekintették, és ez jólesett neki. Andrea meghívta egy végzős bulira, amit kb. tíz nap múlva tartanak majd a másik kollégiumban, ami közel van a klinikákhoz. Bonnie megköszönte a meghívást és bólintott, hogy megy, de tudta, kényelmetlen lenne elmennie egyedül egy bulira, ahol ezt az egy lányt ismeri csak. Nem döntötte el, hogy nem megy, de közben el is feledkezett róla. Egy fiatal arab sebész kolléga, Asif lelkesen magyarázott nekik a pajzsmirigyműtétről, de előtte alaposan kikérdezte a pajzsmirigy élettanát és betegségeit. Bonnie határozottan válaszolt, magabiztos volt a tudását illetően: endokrinológiából készült írni a szakdolgozatát, a pajzsmirigy betegségeiből végezte diákköri munkáját. Minden kérdésre kiválóan megfelelt, ez nála természetes volt.

Jólesett neki a kollégák közvetlensége, az, hogy mutatják, mit hogyan kell csinálni, illetve, hogy magyaráznak neki.

Fél három körül úgy érezte, nincsen már elvégzendő feladat, így hazafele vette az irányt. Átvágott a klinikakerten, felszállt a közelgő buszra. Megérkezve a kollégiumba a portás udvariasan megkérte, hogy költözzön ki a szobából, de ha lehet, azonnal. Nem pakolt ki teljesen ez alatt a két nap alatt, így gyorsan elrámolta azt a pár használati tárgyat, amit kinn tartott a polcon és az asztalán, majd átcipelte a másik szobába a nagy hátizsákját. Nem volt egyszerű, mert az épületben nem volt lift, a hátizsák nehéz volt, egy hónapra elegendő ruhával volt teli. Kétszer kellett fordulnia, hogy a régi kazettás magnóját is áthozza az új szobájába. A zene volt a mindene, az éltette, mindig hallgatta, sehova sem ment a magnója nélkül. Több száz kazettája volt otthon, most kb. tíz volt nála, felváltva hallgatta, közben dúdolt vagy énekelt. Minden élethelyzetre volt egy dala, amiből idézett, ami pont arra a helyzetre illett, fejből ismerte valamennyi dal szövegét. A zene segítette, ha szomorú volt, és akkor is, ha boldog. Egyszer hallotta, hogy a magyar ember, ha boldog, szomorú dalt hallgat, és ha elkeseredett, vidám dalt énekel. Ez teljesen jellemző volt a lányra. A zene szeretetét az édesapjától örökölte. Alig volt hároméves, amikor a szalagos magnóból szólt, hogy: „*Csendes álmok éjjelén, ringó csónak lágy vizén asszonyomhoz járok én, visz az álom ...*" A zene meghatározta az életét.

Mire mindennel végzett, öt óra is elmúlt, már nem lett volna értelme strandra menni. Elővette hát a térképet, szétterítette az ágyán és hasra feküdt, hogy tanulmányozza.

Szép volt az idő, kb. 28 °C-t mutatott a hőmérő, egyre több bárányfelhő úszott az égen, de csapadék nélküli idő ígérkezett. Elhatározta, hogy elmegy és megnézi azokat a nevezetességeket, melyeket közelben jelez a térkép. Bonnie kilépett a hársfaillatú kertbe, teleszívta tüdejét az illattal, próbálta beszívni, hogy minden porcikájához eljusson a jóleső illat, hogy emlékezni tudjon rá akkor is, ha már nem lesz itt.

Átvágott az üres Búza téren, elhagyatott volt. Időnként megkerült egy szemétkupacot, majd befordult a Király utcára. Az utca közepétől azonban nagyobb lett a népsűrűség: turisták sétáltak fényképezőgéppel, hátizsákokkal. Több angol és német szót hallott, mint hazait. Egy alkalommal egy angol pár is leszólította a színház előtt: a mozit keresték, de sajnos nem tudott nekik segíteni, de örültek neki, hogy végre valaki folyékonyan beszél velük angolul. Bonnie angol tagozatos osztályban érettségizett, tizenhat évesen nyelvvizsgája volt, nem okozott gondot neki a társalgás. Angolul beszélve valahogy elengedte a gátlásait, önmaga lehetett, csak maga. A Széchenyi téren a dzsámi felé vette az irányt, bement a templomba. Egy halotti mise közepébe csöppent, de próbált halkan menni és észrevétlen maradni. Szerencsére szandál volt a lábán, nem körömcipő, nem kopogott a sarka. A dzsámi belseje nem olyan volt, mint egy megszokott katolikus templomé; őrizte a korabeli török motívumokat, fehér, piros csíkos díszítések sorakoztak a falon. Elmondott egy imát, majd kilépett a szabadba. Észrevette a fügebokrot a dzsámi oldalán. Meggy nagyságú zöld kis fügék sorakoztak az ágakon. Előtte sosem evett fügét, csak aszalt formában lehetett kapni karácsony előtt a nagyobb boltokban. Csodálta a bokrot és arra gondolt, hogy a füge csak ebben a mediterrán városban teremhet, és sajnálta, hogy nem lesz már itt, mire megérik, hogy megkóstolhassa, milyen is valójában az érett gyümölcs íze. Persze akkor még nem sejthette, hogy húsz évvel később maga ültet majd fügebokrot családi házuk udvarára, ami úgy megnő majd, hogy hamarosan ontani kezdi az édesebbnél édesebb gyümölcsöket, és annyi termés lesz a bokron, hogy nem tudják együtt megenni a gyerekekkel, férje fog nekiállni lekvárt főzni belőle. Életének jövőbeli részletei a gondolataiban sem léteztek, homályba veszett, mint a megjósolhatatlan jövő, de ezt már látta valaki, a Mindenható, de Bonnie tudatlan volt. Nem is lehetett ez másképp.

Megsimogatta a bokrot és elindult felfelé az úton, a kedves, kanyargós kis utcán, szíve együtt lüktetett a várossal. A Nádor szálló épp vele szemben, a tér másik oldalán állt. Nagymamája elbeszélésből jól emlékezett, hogy ebben a szállodában voltak nászúton az 1930-as években. A szálloda jelenleg nem működött, nem fogadott vendégeket, falai roskadozni látszottak, a vakolat is leomlott közvetlenül a felirata mellett. Bonnie élete összefonódott a várossal, ezt már a kromoszómáiban érezte. A székesegyház elé ért, négy tornya és zöld tetőcserepei messziről látszottak, úgy magasodtak felfelé kecsesen, azzal a földöntúli eleganciával törtek az ég felé, hogy Bonnie porszemnek érezte magát az előtte elterülő, hatalmas téren állva. Lenyomta a díszes kovácsoltvas kapu kilincsét, de nem volt szerencséje: a templomot már bezárták. Máskor kell visszajönnie – gondolta. Készített néhány fotót a modern automata fényképezőgépével, amit direkt erre az alkalomra kapott édesapjától. A téren japán turisták fényképezgettek, odajöttek hozzá.

– Would you be so kind to take a picture about us?

– Sure – válaszolt Bonnie. Megnyomta a gombot, melyet mutattak, hogy nyomjon meg, majd megmutatta nekik az elkészült képet.

– It is fantastic, thank you! – lelkendeztek vigyorogva a japán fiúk és lányok.

Elköszönt tőlük, átsétált a Barbakánon. A térkép szerint nem messze lesz a postahivatal – gondolta. Pár perc után meglátta a posta Zsolnay-kerámiával kirakott tetejét, csillámlott rajta a napfény. Vett néhány borítékot és bélyeget. Hazafele vette az irányt, lassan úgy érezte, hogy nem érzi a lábait, pedig a legkényelmesebb magas talpú szandálja volt rajta. Felérve a kollégiumi lépcsőkön benyitott a szobájába. Ledöbbent, hogy egy másik lány ült a mellette lévő ágyon, és éppen a bőröndjéből pakolt.

– Lisy vagyok! – nyújtotta felé a kezét bemutatkozásul. – Egy éjszakára maradok itt, ha nem bánod.

– Bonnie – nyújtotta Lisy felé a kezét. – Érezd magad otthon!

– Te Bonnie, nincs a szobában hűtőszekrény??

Ötödik fejezet

Lisy húszéves volt, azért jött, hogy másnap délelőtt felvételi vizsgát tegyen a városban a következő évben induló gyógytornász szakra. Bőbeszédű lány volt, mindent tudni akart Bonnie-ról. Az ilyen lányokat nem kedvelte. Bonnie magának való volt és többre becsülte, ha egy kicsit magára hagyják a gondolataival, de nem volt szerencséje.

– Miért jöttél Pécsre, pasi miatt, igaz? – kérdezte Lisy.

– Egyáltalán nem. Megtetszett a város és úgy gondoltam, eleget tanultam ebben az évben, nyaralásra kevés idő marad a nyáron, egy hónap múlva kezdődik az újabb félév a gyakorlat vége után. Összekötöm hát a munkát a nyaralással. Hétvégente haza fogok járni, de délutánonként megismerem majd a város nevezetességeit és strandjait.

Lisy hallgatta Bonnie-t, de nem hitte, hogy ez az igazság, majd mesélni kezdett magáról.

– Két évet dolgoztam érettségi után egy könyvelőirodában, mert szerettem a matematikát. Mostanra jöttem rá, hogy felvételezni szeretnék az egyetemre, gyógytornász szeretnék lenni. A barátom huszonöt éves, Győrben él, én pedig egy Győr melletti településen lakom. A helyi diszkóban ismerkedtünk meg. Jövőre össze fogunk házasodni. Ha felvesznek ide, akkor kevés időt töltünk majd együtt, de megérti, mert ő is felsőfokú iskolát végzett. A szüleim már építik a tetőteret a házunkra, ott fogunk lakni – hadarta a lány anélkül, hogy Bonnie-t érdekelte volna az önéletrajza. – Egyébként nem tudod, hogy miért nincs hűtő? A legtöbb koliban, ahol jártam, van a szobában, most csak a folyosón leltem rá egyre. Képzeld, rá kell írni a kajára a nevünket.

– Amikor a magasföldszintről felköltöztem ide, a gondnoknő ígérte, hogy lesz hűtőszekrény. Én is meglepődtem, hogy nincsen.

– Ja, hát az egy hárpia. Találkoztam vele délután, és egy sufnit akart adni egy éjszakára, de nem fogadtam el, kértem, hogy olyan hely legyen, ahol tudok tanulni. Bonnie, neked van barátod?

– Nem, nem járok senkivel – felelte csendesen.

Lisy végignézett Bonnie-n, és meg volt lepve: Bonnie kifejezetten csinos lány volt, bár kissé zárkózott.

– Nem is volt még barátod?

– De, randiztam már pár sráccal, legutóbb egy gyógyszerészhallgató fiúval az egyetemünkön, egyébként ebben a városban lakik. Elég unalmas volt a srác, talán depressziós is egy kicsit, a kezemet is sokadik találkozásra fogta meg. Aztán amikor rákérdeztem, hogy miért nem hívott többé, kiderült, hogy ebben a városban is van barátnője. Egyébként operálni fogják a napokban, térd arthroscopiája lesz, nemrég összefutottunk Szegeden.

– Na, akkor feltétlenül meg kell látogatnod.

– Minek? Nem akarok tőle semmit. Nem vagyunk egymáshoz valók, nem érzek iránta semmit, szerettem vele beszélgetni, ennyi … és egyébként is itt a barátnője.

– Ígérd meg, Bonnie, hogy meglátogatod!

Bonnie megígérte, hogy utánanéz, hogy melyik klinikán operálják majd Gabrielt. Lehet, hogy tényleg meglátogatja majd?

Mindenesetre nagy kő gördült le a szívéről, hogy Lisy befejezte a beszélgetést. Bebújt az ágyába, elővette a tételeit és tanulni kezdett. Végre csend lett a szobában. Bonnie is elővette kedvenc regényét – Barbara Woodtól a „Lélekláng”-ot –, és olvasni kezdte.

– Kiégett az olvasólámpámban a villanykörte – törte meg a csendet Lisy. – Nem tudod, honnan kaphatnék egyet?

– Talán a portás tud segíteni – felelte.

A lányok elindultak a portásfülke felé, de amikor segítséget kértek, az éjszakai portás vállat vont, és unottan kifejtette, hogy ő ebben nem tud segíteni. És talán nem is akart. Lisy nagyon el volt keseredve – a tételek ismétlésének a feléig sem jutott.

– Nézzük meg, hogy van-e a fürdőben elérhető villanykörte – találta ki Bonnie.

Az volt a terve, hogy kicserélik a kettőt. A fürdőben ezen kívül volt még két villanykörte, nem lesz teljes sötétség a fürdéshez, ha három közül az egyik nem világít majd.

– Ha bakot tartasz, kicserélem – mondta Bonnie.

Bonnie kezében a rossz villanykörtével felmászott Lisy tenyerébe, megkapaszkodott a falban, és kicsavarta a működő villanyégőt, helyére pedig betette a rosszat.

– Nagyszerű! – lelkendezett Lisy, amikor ismételten volt fény az olvasólámpájában és folytathatta a tanulást.

Bonnie elaludt könyvvel a kezében, és amikor reggel felébredt, Lisyt már nem találta a szobában. Kár, hogy nem tudott elköszönni tőle … csak remélni tudta, hogy sikerül a felvételi vizsgája.

Hatodik fejezet

Másnap három külföldi diákkal ismerkedett meg, együtt reggeliztek a tetőtéri büfében. Két műtétet látott szoros egymásutánban, melanoma malignum miatt operáltak egy viszonylag fiatalnak számító nőbeteget. Az operáció végeztével végignézte, hogy az aneszteziológus spinális anesztéziát alkalmazott, megszúrta a varix-műtétre váró beteg gerincét és érzéstelenítőt adott neki. A beteg nem aludt, mégsem érzett semmilyen fájdalmat, csupán húzó-vonó érzésre panaszkodott, azt is csak rákérdezésre említette. A műtét közben a beteg folyamatosan Bonnie- t kérdezgette, hogy most mi történik a lábával, mert egy paraván választotta el a fejét a törzsétől. Mr. Smith a műtét közben érdeklődően Bonnie felé fordult:

– Mivel töltötted az idődet tegnap délután?

– Felfedeztem belvárost, a mai napra pedig az a tervem, hogy strandra megyek – felelte Bonnie.

Aznapra nem volt kiírva több műtét, így délben Judithtal, az egyik hatodéves lánnyal hazafele vették az irányt.

– Nem kell buszra szállnunk, mutatok egy utat, itt, ezen az utcán gyorsan beérünk a belvárosba – javasolta Judith.

Szikrázóan sütött a nap, meleg volt a levegő, éppen sétához való. Bonnie egyetértett. Kicsit zavarta, hogy törni kezdte a kontaktlencséje. Talán a tegnapi vendégeskedés miatt, de elfelejtette beletenni a folyadékba a lencséket, amik reggelre teljesen összetöpörödtek. Reggel gyorsan fiziológiás sóoldatba áztatta őket, mire azok visszanyerték eredeti alakjukat, mégis elszenvedhettek valamiféle sérülést, mert kissé törték a szemét, és könnyezni kezdett.

– Meddig leszel még a klinikán? – kérdezte Bonnie Judithot.

– Ezen a héten, utána szigorlatozom sebészetből, majd hazautazom a szüleimhez Vácra. Utána augusztusban államvizsga.

– Tudod már, hol fogsz dolgozni, miután megkapod a diplomádat?

– Igen, előszerződést kötöttem a váci kórházzal, gyermekosztályon fogok dolgozni.

– Én endokrinológus szeretnék lenni – vallott Bonnie –, a pajzsmirigy betegség miatt műtött betegek endokrin gondozásából írom a szakdolgozatomat.

– Érdekes. Az endokrinológia nekem is tetszik, jó szakma, nyugis, jó lehet az ügyelet is, hisz' „akut törpék" nincsenek.

Ezen jót nevettek mindketten. A Ferencesek utcájára érve vettek egy-egy fagyit. Bonnie a gyümölcsös fagyit szerette, kért egy málnát, egy áfonyát, ráadásként pedig egy gombóc csokoládét. Élvezte a melegtől összeolvadó ízeket, gyorsan körbenyalta a tölcsért, mert az oldalán folyni kezdett. Judith hirtelen megállt az esküvőiruha-szalon előtt, néma rajongással nézte a kirakatban az esküvői ruhákat, majd hirtelen Bonnie-hoz fordult:

– Szeptemberre van kitűzve az esküvőm, a vőlegényem sebész a váci kórházban.

Bonnie gratulált a lánynak, nagyot nyalt az utolsó gombóc málnafagylaltjába, majd gyorsan témát váltott, mielőtt Judith megkérdezné tőle, hogy milyen férfi várja otthon. Abban az életkorban voltak, mikor a legtöbb lánynak komoly kapcsolata volt, vagy esetleg már gyűrűs menyasszony volt. Bonnie úgy gondolt erre, hogy nem kell siettetnie semmit, nincs elkésve semmivel, persze nem volna rossz, ha lenne mellette egy fiú, aki szereti, de inkább az egyetemre koncentrált. Huszonkét évesen nem volt más, mint egy naiv kislány.

A Király utca közepéig sétáltak együtt, majd Bonnie gyorsan elköszönt, hogy felugorjon a kollégiumba a strandcuccáért, ami most nem volt nála.

A térkép szerint kell lennie egy strandnak nem messze innen – gondolta. Hátán a telepakolt indiai mintás hátizsákkal a tűző napon elindult kifelé a városból, amerre a térkép mutatta. Amerre járt, már csak gyárak sorakoztak egymás után, gyárkémények pöfögtek büdös gázokat a levegőbe, lába alatt a betonból ömlött a forróság. A levegőben most nem hársfaillat, hanem kipufogógáz szaga terjengett, ahogy lépkedett az út mentén. A város most nem a kedves arcát mutatta, Bonnie a fülledt melegben szívta a füstszagot. Gyomrában kis félelem volt születőben, ahogy a város szélére ért, de bátorságával úrrá lett az érzésen. Kisvártatva odaért, ahol a térkép is mutatta: „Balokány-ligeti uszoda". A stand be volt zárva, a parkban derékig ért a gaz, a medence széle – amennyiben a túlburjánzott növényzettől látni lehetett – omladozott. Ez a stand nincs nyitva … nem tudta, mióta, de nem működött. Sajnálta. Igaz, gyárkémények között, de egy szép parkban terült el az uszoda, kívülről úgy tűnt, talán két medencéje lehetett. A világháború után épülhetett – gondolta, stílusában a kevéssé modern otthoni partfürdőre emlékeztette. A park túlsó végén vonatsínekre lett figyelmes, közvetlenül a strand mellett haladhatott a vonat. Érdekes, a vonat ablakából láthatták a fürdőzőket.

Ott állt szomorúan, egyedül a térképpel a kezében, hátán a hátitáskával, és előre elkészített tervei szertefoszlottak. Bárányfelhők úsztak át égen, eltakarván a napot, és a zajos főút mellett, a járdán, vele szemben feltűnt egy lány. Észrevette Bonnie bizonytalanságát és ráköszönt.

– Szia, ez az uszoda kb. két éve bezárt – fordult Bonnie-hoz.

– Nem tudod véletlenül, hogy hol van a közelben strand? – fordult a lány fele.

– A belvárosban van a Hullámfürdő.

– Meg tudod mutatni a térképen? – kérdezte tőle.

Sokáig nézték a térképet, s Bonnie fejében összeállt az útirány. Megköszönte a segítséget és búcsúzni akart.

– Tudod mit? Elkísérlek, egyébként idegenvezetőnek tanulok. Angolul folyékonyan beszélek. Éva vagyok.

– Bonnie – felelte –, orvostanhallgató, Szegedről jöttem gyakorlatra a klinikára. A térkép alapján azt hittem, ez a strand nyitva van.

– Kb. két éve zárták be, valami nem stimmelt, így nem kaptak engedélyt a tavaszi nyitásnál. Sajnálom én is, mi is gyakran jártunk ide. A Balokány név valószínűleg török eredetű. „Balu hanja", halas, mocsaras helyet vagy Balu majorját jelenthette. Régen itt még agyagot bányásztak. 1886-ban a tavat kettévágták, azóta megy itt keresztül a vasútvonal. A fürdő 1933-ban épült újjá, kapuján a pécsi 1907-es országos kiállításon kiállított Zsolnay-pavilon bontásából származó eozinos kerámiák láthatóak. Úszóbajnokok nevelkedtek itt, köztük Abay Nemes Oszkár ... Tudod, hogy annak idején a Balokány-tóban itatták a parasztok a lovaikat, a bőrdíszművesek itt áztatták a bőrt?

Bonnie beleremegett. Tudta, mindent tudott, anélkül, hogy járt volna itt valaha, vagy hallotta volna valahol, de ezt nem mondhatta meg ennek a kedves, idegen lánynak. Keresztülvágtak a Király utcán, a Széchenyi téren, majd egy rövidebb séta után a lány azt mondta:

– Ebben az utcában van a Hullámfürdő, érezd jól magad nálunk Pécsett. Én épp az ellenkező irányba megyek innen.

– Köszönöm, hogy elkísértél, és köszönöm a történeteket is – nézett Bonnie a lány szemébe.

Éva sarkon fordult. Sosem látta többé, de biztos volt benne, hogy az angyalok küldték ...

A Hullámfürdőben töltötte a délután hátralevő részét. Kellemes meleg volt, időnként fújt a szél, és ezúttal nem úsztak bárányfelhők az égen, hogy eltakarják a napot. Letelepedett törülközőjével közel a medencéhez, hasra fordult, és próbált aludni. Egy időre el is nyomta az álom, bár a háttérben hallotta a gyermekzsivajt a medence felől. Arra ébredt, hogy leizzadt. Elment lezuhanyozni, majd bement a medencébe úszni egyet. Jó volt, hogy senki sem ismerte, senki sem szólította meg, szabad volt, és azt csinálta, amihez csak kedve támadt. Fürdőzés után kifeküdt ismételten a napra, de előtte jó alaposan bekente magát naptejjel, és olvasni kezdett. Hét órára járt már az idő, elindult zuhanyozni, felöltözött, mennie kellett, a strand zárni készült. Hátára vette az indiai mintás hátizsákot, átvágott a városon, át a Széchenyi téren, ahol turisták, fiatalok ültek a kávézók, éttermek teraszán és jókat beszélgettek. Az érdekesebb kirakatoknál megállt, végignézte a csinos ruhákat, táskákat, ékszereket. Átvágott az elhanyagolt Búza téren, s rövidesen megérkezett a kollégiumba.

Hetedik fejezet

Másnap reggel madárcsicsergésre ébredt. Felvette szürke bermudanadrágját sötétkék blúzával, hátára vette sárga-barna hátizsákját, és reggeli után elindult a klinikára. Semmi kedve nem volt buszra szállni, így átment a park túloldalára, átsétált a Búza téren, és befordult a Király utcára. Csodálkozott, hogy reggel alig jártak emberek a város főutcáján – egy-egy munkába siető emberen kívül nemigen látott mást. A kora reggeli Király utca arca kontrasztot mutatott azzal a képpel, ami felelevenedett előtte, amikor a délutáni, esti sétáit felidézte. Látta kinyitni az éttermeket, a székeket és asztalokat épp akkor pakolták ki az utcára, redőnyök nyikorgását hallotta, kinyíltak az ablakok, a színház néma csendben állott, két férfi a szemetet söpörte az előző esti mulatság után a szökőkutak mellett, a templom tornya hét órát kongatott, egy kutyát sétáltató hölgy haladt el mellette, az utca végén halovány fény derengett, a felkelő nap megvilágította az Irgalmasok templomának a tetőcserepeit. Bonnie nem győzött betelni a látvánnyal, nagyot szívott a kora reggeli hűvös levegőből, a boldogság és az odatartozás eszméje szerteáradt benne, és a jóleső érzés lelkében hosszasan elidőzött. Remélte, hogy életében még sokszor megteszi ezt az utat, amikor elhaladt Hunyadi lovasszobra előtt, majd a Zsolnay-kút csillogó eozinos ökörfejéből csordogáló víz mellett. Igyekezett, hogy a Konzum Áruház előtti megállóban utolérje a buszt, amire az előző reggeleken már a Negyvennyolcas téren várt. Nem kellett sokat várnia; a busz hamarosan megérkezett, és a lány felszállt. Szeretett volna mindent az eszébe vésni, szemeivel lefényképezni mindent, amit lát, hogyha később hiányozna neki a város, emlékeiből újra felidézhesse. Nyugalom szállta meg. Lassan megérkezett a busz a megállóba, ahol a lány leszállt, és sietős léptekkel átvágott a klinikaparkon, a klinika épülete fele vette az irányt. A referáló aznap sokáig tartott – több beteg volt műtétre előjegyezve, mint amennyi belefért volna a napi programba –, majd egy kisebb vita után a sebészek eldöntötték, hogy melyik műtét maradjon el, amennyiben mégsem marad rá idő. Asif műtőbe ment, asszisztált az idősebb kollegáknak, így Bonnie ottmaradt az osztályon, és egész délelőtt betegeket vizsgált. A harmadik köldöksérv-műtétet végignézte Andreával együtt, de az előző nap vizsgált, epeköves nőbetege műtétét későbbre halasztották. A nap végén kellemesen elfáradva indultak hazafelé. Andrea hamar elköszönt tőle, és Bonnie egyedül sétált be a belvárosba. Megérkezvén a Széchenyi térre felfigyelt a dzsámi mögött nyújtózkodó, a tévétorony előtt álló dombra és a templomra. Elsietett a dzsámi oldalánál a Nádor szálló előtt, és egy utcányi séta után elérkezett az alagútig, ahol nagy volt a forgalom. A zöld jelzésnél átment a zebrán és felsétált a dombra, majd a kerten át sétált tovább a tizennégy passió állomása között a klasszicista stílusban épült Kálvária templomig. Mire a sok lépcsőn felért és ment tovább felfelé az emelkedőn, kifáradt, fájt a lába. Észrevette, hogy jobb lábas magas talpú szandáljának a talpa hosszában elrepedt. A repedés nem volt mély, lehetett még benne tovább menni, de a lány figyelmeztette magát, hogy a hétvégén új szandált kell vennie. Ez korántsem jött jókor: minden fillér ki volt számítva az itt tartózkodása idejére, de bízott benne, hogy szülei vesznek neki majd egy új cipőt. Ahogy fentről visszanézett, látta a székesegyház négy büszke tornyát, felállt a padra, hogy még jobban a messzeségbe lásson, és arra gondolt, hogy ezen a helyen egy olyan kilátót lehetne építeni, ahonnan jól be lehetne látni a város nyugati részét. (Kb. tizenhét évvel később itt épült fel a Nyolc Boldogság kilátó terasza, csodás panorámával a székesegyházra.) A várfal mellett elsétálva megkerülte a belvárost. Apró házak sorakoztak az út bal oldalán és tudta, hogy ha ezek a házak beszélni tudnának, elmúlt évszázadok titkait tudnák feltárni előtte. Rövid séta után elért a narancssárga templomig az Ágoston téren, hallotta a Tettye patak zúgását a föld alatti járatban. Négy óra volt, a templom csodaszép harangjátékot játszott. Tetszett neki, máskor a távolból már hallotta. Vele szemben, a kanyargós, félköríves úton egy városnéző kisvonat kaptatott fel, figyelte, amint az idegenvezető hosszasan beszél a városról. „*Szemben fenn a Havi hegyi templomot látják, amit az 1690-91. évi pestisjárvány elmúltával a pécsi polgárok, megtartva a veszedelem idején tett fogadalmukat, építettek a Havas Boldogasszony tiszteletére. Az úgynevezett Kakasdomb meredek lejtőjén, hátukon, vállukon cipelték fel az építőanyagot a fehér sziklákra, mintha azt a Szűzanya jelölte volna ki számukra hófehér ragyogásával.*"

Bonnie az eltört talpú szandáljában óvatosan sétált tovább az Alsóhavi utcán keresztül, s átszelve a Búza teret megérkezett a kollégiumba. El akarta érni az utolsó vonatot, ezért sietve bepakolt a hátizsákjába és úgy, ahogy volt, étlen-szomjan, elindult a vasútállomásra. A kiírás szerint Kisapálytó településen is megállt a vonat, hosszú út állt előtte. A vonatra az utolsó pillanatban szállt fel. Apró Mecsek-beli falvakon ment keresztül a vonat, időnként egy nagyobb faluban meg-megállt. Kevés utas szállt fel, illetve szállt le a vonatról. Olyanok voltak ezek a falvak, mint eldugott sziklás erdőség melletti parányi menedékek. Menedék volt az embereknek, akik a mindennapi stressz és munka után hazatértek a természet ölelte kis településre, és a nyugalom szigetén hajtották álomra a fejüket. Volt olyan település, olvasott róla, ahol egy nagyobb esőzés után hömpölygött a víz lefelé a hegyoldalon, majd váratlanul egy sziklaszirtbe ütközött, és onnan, mint vízesés hullott lefelé tovább. Bonnie elképzelte a vízesés moraját, azt a nyugalmat, amit a sodrás hangja vegyít a csendbe, de csak a vonat ütemes kattogását hallgatta. Zöldelltek a fák és biztos volt benne, hogy ilyen helyen rókát, őzet és nyulat is látni. Péntek volt, sokan utaztak haza hétvégére vagy utaztak el valahova, családok is ültek a vonaton kisebb gyermekekkel. Bonnie mindvégig kedvenc könyvét olvasta, a meleg miatt hátán csurgott a verejték, a levegőben a gépszag és a testek kipárolgott gőzének kellemetlen szagú elegye keveredett. A lány időnként álmodozva felnézett és kipillantott az ablakon. Jó lett volna, ha van ideje felbaktatni a hegytetőre a madárcsicsergés övezte úton, és a csúcsra felérve körülnézni, azonban a vonat lassan döcögve haladt, hegynek fel, majd völgynek le, vitte hazafelé … Az út öt óra hosszát tartott. Az alföldön a vonat nagyobb sebességre kapcsolt. Két órával az indulás után már nem látta a hegyeket, a terep sík lett, szélesebbek lettek az utak, sárgultak a lustán elnyújtózó búzatáblák, a távolban munkagépeket látott, javában tartott az aratás. Gyermekként az alföld volt a mindene, de amióta megismerte a hegyeket, szíve kitárult, és szerette volna egyre jobban megismerni a bennük rejtőzködő csodát, a Mecseket.

Bonnie nem volt még iskolás, amikor nagymamája egy régi balatoni telek árából megvette a picurka nyaralót a szüleinek Kisapálytón. Kezdetben az ötéves kislány nem szimpatizált a kis vályogházzal, de az első nyár után, amit ott töltött, megértette, hogy a nagyváros forgatagát elhagyva itt tölthet boldog és szabad heteket, megfeledkezvén a megyeszékhely életének nyüzsgő forgatagáról, mikor végre elérkezik a szünidő. Kislány korából emlékezett, hogy hajnalonként csónakok tucatjai indultak el a nádasba jó kapást remélve, és felidézte, hogy édesapja és a szomszédjuk több hajnalon is nekiindultak és pirkadatig hangtalanul ültek a csónakban, míg derűs fénnyel rájuk köszöntött a reggel. A tó nagy volt, órákba tellett megkerülni és nagy kihívást jelentett átúszni, de mégis minden szülői aggodalom és tiltás ellenére gyermekkori barátnőjével rendszeresen megkerülték a tavat és átúsztak a túloldalra. A túlparton levágott, összekötözött nádból építettek kunyhót, ették az eperfa érett gyümölcsét, szabadok voltak. Olyan szabad volt akkor is, mint amilyen most. Bonnie szíve együtt dobbant a földdel, együtt lélegzett a széllel, futott a homokkal, égett a nappal, együtt létezett a fákkal, eggyé vált a természettel. Visszaemlékezett, mikor homokvárat építettek édesapjával a tóparton, ejtőernyőst eregettek, túrabotot faragtak, kirándultak, őzeket és nyulakat láttak az erdőben, tavasszal ibolyát, gombát, nyáron szedret és bodzavirágot szedtek. Bonnie itt sétáltatta rendszeresen és úsztatta a tóban a szomszéd kutyáját, Bödönt. A kutya a lány sanda nézéséből kitalálta, hogy most séta lesz, valami új kaland közeleg, és számtalanszor lógott meg a kerítés résein át, ment a lánnyal. Bonnie mászott kerítést, majd esett le róla, bukdácsolt a forró homokban, fordult ki a bokája, lett sebes az álla, ázott csuromvizessé a nyári záporban, égett hólyagosra a bőre a naptól, itt talált nádbuzogányt a nádasban, kagylót a süppedő iszapban, kente az iszapot a testére, itt látott siklót, mocsári teknőst ... és ha csak ideje engedte, ült a tóparton és nézte a naplementét. Egyik naplemente sem volt ugyanolyan, mint a többi, különböztek egymástól, és Bonnie minden naplementében egy újabb csodát fedezett fel. Nyárról nyárra itt nőtt fel és teljesedett ki az élete, és most végre hazafele tartott ...

Nyolcadik fejezet

Hétfőn reggel kissé késve, de elindult a busz a klinika felé a park előtti főútról. Bonnie álmosan huppant le egy üres ülésre a hétvégi kisapálytói kiruccanás után, ahol a szüleivel találkozott a nyaralójukban. Éjfélre ért be a vonat az állomásra, onnan gyalogolt a sötétben a kollégiumba. Most jólesően kinyújtotta hosszú lábait, ásított egyet. A mai nap is olyan lesz, mint a többi: operációk, majd újabb operációk – gondolta, de délutánra kitalál magának valami jó programot.

Átsietett a klinikakerten, átöltözött és a referálóra tartott, amikor észrevette, hogy néhány új orvostanhallgató csatlakozott hozzájuk ettől a hétfőtől négy hetes nyári gyakorlatra. Egy fiú egyenesen felé tartott a referáló után:

– Fred Headaway vagyok – nyújtotta kezét a fiú Bonnie felé, és egyenesen a szemébe nézett.

Olyan közel állt hozzá, hogy szinte érezte magán a leheletét. Bonnie önkéntelenül is hátralépett:

– Bonnie Marcelé – rázta meg határozottan a barna szemű fiú kezét.

A megbeszélés után mindenki ment a dolgára, egyesek a műtőbe, mások az osztályra. Beindult a hétfő reggeli hajsza.

Délelőtt elhatározta, hogy meglátogatja Gabrielt. Szegeden futottak össze pár hete, ekkor mondta neki a fiú, hogy térd arthroscopiája lesz a Honvéd Kórházban. Bonnie nem tudta, miért akarta meglátogatni, ebben talán szerepe volt Lisynek, aki arra biztatta néhány nappal ezelőtt, hogy látogassa meg a fiút. Jelezte a fiatal sebész kollégának, Asifnak, hogy egy órára ki kell szaladnia, mert meg kell látogatnia egy régi ismerősét a Honvéd Kórházban. Erre a beszélgetésre Fred is felfigyelt és fúrta az oldalát a kíváncsiság, hogy vajon hova mehet a szegedi lány. Bonnie vett egy rostos narancslevet a Konzum Áruházban, átszállt a kórház fele induló buszra. A Honvéd Kórház osztályai kis, különálló épületekben voltak. Egy ilyen épületben talált rá a traumatológiára. Magabiztosan ment be az épületbe, engedélyt kért a látogatásra és biztosította az osztályos nővért, hogy nem marad sokáig. Nem volt látogatási idő, de elmagyarázta, hogy orvostanhallgató, és most van ideje meglátogatni az egyik barátját. Gabriel ott feküdt az ágyon, jobb lábát kinyújtva pihentette, fásli volt rajta. Meg volt lepve Bonnie érkezésén, aki hűvös puszit nyomott a halántéka és az arca közti területre. Bonnie Gabrielt a gólyatáborban ismerte meg, négy évvel ezelőtt. Ugyanabban a csoportban játszottak, sokat nevettek, esténként pedig beszélgettek a sátorban. Jól emlékezett, ahogy Gabriel teátrálisan adta elő kalandos utazását Pécsről a kisapálytavi gólyatáborig. Minden lány elbűvölve nézte ... Gabriel magas volt, vékony, vízkék, szomorú szeme volt. Bonnie-nak nem tetszett különösen a fiú, de jókat beszélgettek. A diszkóban Bonnie néhányszor elvitte magával Gabrielt táncolni, aki ugyan nem nagyon kedvelte a táncot, de hősiesen ment Bonnie-val.

– Gyere, ez a kedvenc számom! – hívta Bonnie Gabrielt.

– Neked mindegyik szám a kedvenced ... – sóhajtott Gabriel.

Aztán a gólyatábor után Gabriel képeslapokat és leveleket küldött a lánynak, pár alkalommal találkoztak is, sétáltak a Tisza-parton, hamburgerezni mentek, egy alkalommal a fiú házáig is elkísérte és bemutatkozott a szüleinek. Egyszer Gabriel megfogta Bonnie kezét, azután kézen fogva jártak ... Aztán egyszer csak nem volt folytatás.

Bonnie nem értett az egészből semmit. Felhívta Gabrielt, kérte, hogy találkozzanak, és tisztázza, mi történt. Ekkor derült ki, hogy Gabrielnek otthon, Pécsen is volt egy barátnője vele egyidőben, de ezt elfeledkezett közölni a lánnyal. Bonnie megértette a helyzetet, nem volt keserű, sem csalódott. Rengeteg energiát fektetett abba, hogy mélabújából felrázza a fiút, és szinte megkönnyebbült, hogy vége.

Most ott ült az ágya melletti széken és titkon reménykedett, hogy Gabriel barátnője nem most érkezik meg, amíg ő itt van látogatóban. Jó lezárása volt ez valaminek. Tudta, hogy többször az életben nagy valószínűséggel nem látja a fiút. Miközben a múlt lepergett Bonnie szemei előtt, Gabriel nem kevés humorral mesélt a műtétéről és regionális érzéstelenítésről, a hátralévő vizsgáiról és kedvenc együtteséről. Figyelte, milyen hatással van a lányra. Zenei ízlésük is teljesen különböző volt. Bonnie az órájára pillantott, és sietősen betolta a széket az ágy alá. Búcsúzóul már nem adott neki puszit. Hirtelen nem értette, mit keres ott.

– 433-as a mellék, ahol elérhetlek a kórházban? – kérdezte Gabriel az elmenőben lévő Bonnie-t.

– Igen, valami ilyesmi a telefonszám, de nem tudom biztosan. Ha akarod, megkérdezed a tudakozótól – felelte, pedig jól tudta, hogy ez a sebészeti osztály száma.

Kifordult a kapun, levegő után kapkodott. Semmi értelme nem volt idejönni – gondolta. Sajnálta, hogy Lisy bogarat tett a fülébe és ő engedelmeskedett.

Körülbelül másfél óra múlva ért vissza a klinikára, felvette a köpenyt, majd benézett az osztályra, hogy van-e valami tennivaló. Szeme sarkából észrevette, hogy Fred nézi, majd rohanni kezd utána. Az üvegajtó előtt érte utol:

– Ne haragudj, de elfelejtettem a nevedet – mondta. Fred mélyen Bonnie szemébe nézett, szeme csillogott, szája szögletében félénk mosoly jelent meg.

– Bonnie Marcelé vagyok – felelte morcosan Bonnie, és igazán nem értette, hogy Fred miért nem kérdezte meg mástól a nevét, ha nem emlékezett rá. Ezzel a kérdéssel kellemetlen helyzetet teremtett magának.

– Egy óra múlva itt leszek, ki kell szaladnom a városba.

Bonnie tudomásul vette, hogy Fred kimegy a városba, de igazából azt sem értette, hogy neki ehhez mi köze, miért neki mondja, és nem Asifnak, a fiatal sebészorvosnak. Annika, a finn lány és Bonnie tennivaló híján majdnem egy órát töltöttek a teraszon a büfében üldögélve, narancslevet és kávét iszogattak, közben beszélgettek. Amíg Bonnie távol volt, a fiatal sebész doki felvette a betegeket helyette, ezért hálás volt neki.

Bonnie nagyon szeretett angolul beszélgetni, valahogy leoldotta róla a gátlásokat, angolul több mindent elmondott magáról, mint amit magyarul mondana el valakinek.

– Hallottad, hogy az az arrogáns sebészorvos homoszexuális?

Bonnie megdöbbent, hogy milyen jól értesült finn kolléga-
nője, majd hozzátette:

– Nem is értem, hogy lehet orvos ilyen beállítottsággal, biz-
tos szereti a fiúbetegeket … Még szerencse, hogy nem urológiai
osztályon vagyunk – jegyezte meg undorodva Bonnie.

– Arra figyeltem fel – mondta Annika –, hogy az az új fiú mi-
lyen közel ment hozzád és mennyire nézett téged.

– Igazán? – kérdezte Bonnie

Azt valóban észrevette, hogy már másodszorra jött zavaró-
an közel hozzá, de Bonnie-t az új fiú egyáltalán nem érdekelte –
tolakodónak, pimasznak tartotta –, de nem válaszolt.

Rövid idővel később Fred visszaért a klinikára. Bonnie és
Annika a folyosón ültek és épp Finnországról és a magyar-finn
nyelvi rokonságról beszélgettek, Fred egyenesen feléjük tartott.

– Volna kedved eljönni velem a „B" oldalra, hogy felvegyük
a betegeimet?

Bonnie segíteni akart a fiúnak, akinek látszólag feltorlódott a
munkája, amíg kinn volt a városban. Annikához fordult és elma-
gyarázta neki, hogy segíteni kellene Frednek, mert maradt pár
betege, akik nincsenek felvéve. Fred Bonnie-t nézte; elbűvölte
a lány angoltudása, és ennek hangot is adott. A másik szárnyra
érkezve Fred átengedte a vizsgálatot Bonnie-nak, ő pedig pre-
cízen, úgy, ahogy az egyetemükön tanulta, végigkérdezte, majd
alaposan megvizsgálta őket. Fred ott ült az asztalnál, a számí-
tógép előtt, és írta, amit Bonnie diktált neki. Bonnie lustának
tartotta a fiút, de segített neki – alapjában mindenkinek segí-
tett, aki megkérte rá. A nap végére úgy érezte, mintha saját tit-
kárfiúja lenne, aki mindent leír, amit ő diktál. Annika még egy
darabig benn volt velük a vizsgálóban, de mikor Bonnie-nak már
nem volt ideje fordítani a vizsgálat és a diktálás között, akkor
ki-kiment a vizsgálóból, majd egy idő után már vissza sem jött;
kettesben maradtak Freddel.

Egy óra körül befejezték a munkát, Bonnie és Fred még be-
mentek a műtőbe. Egy aranyérműtétet láttak, nem volt hosszú,
kb. húsz perc. A mai napon Bonnie és Fred sem töltött túl sok

időt a klinikán, ezért mindketten úgy érezték, hogy kötelességük még maradni. A műtét után Bonnie körülnézett, de semmi tennivalója nem maradt, így elköszönt Fredtől, és újabb látnivaló felé vette az irányt.

Bonnie már régóta csodálta város fölé emelkedő dombon az ég felé magasodó hófehér templomot. A Király utca utolsó foghíjtelkéről is jól lehetett látni. Éjjel ki volt világítva. Bonnie-t úgy vonzotta a hely, mint a mágnes. Érezte, hogy minél előbb fel kell jutnia oda. Elsétált az Ágoston téri templomig, majd a felfelé vezető szűk, kezdetben macskakővel kirakott meredek utcán kapaszkodott egyre feljebb és feljebb. A szűk járdáról időnként az úttestre lépett, olyankor hátra-hátranézett, hogy jön-e autó mögötte. Tíz percet gyalogolt így felfelé, leizzadt. Alföldi lány lévén nem szokott hozzá a hegymászáshoz. Az egyik ház udvaráról fügebokor ágai nyúltak ki az utcára. Elért a szoborig, ahonnan lépcsősor vezetett egy magasabb részre. Mire felért, kifulladt. Elállt a lélegzete, szíve hevesen vert, torkát az öröm könnyei fojtogatták, mikor az utolsó lépcsőről a sétányra lépett. Olyan csodás panoráma tárult elé, amilyet életében nem látott. Látta a dzsámi zöld kupoláját a Széchenyi téren; a székesegyház tornyait; a kis, eldugott tereket. Mintha egy ékszerdoboz lenne a város – gondolta. A templomajtó nyitva volt, belül nemes egyszerűséggel rendezett fapadok sorakoztak, szemben díszes oltárt pillantott meg. A templomot a Havi-hegyi Szűz Máriának szentelték. A Szent Szűz karcsú, kedves arcú alakja az oltár jobb oldalán állt, két pásztorgyermek társaságában. Bonnie azt érezte, hogy megérkezett, ez volt jövetelének a célja, hogy eljusson ide. Nem tudta, hogy mi az égiek célja ezzel, értetlenül állt a felismerés előtt. Torka összeszorult, szeméből patakzottak a könnyek. Egy darabig hagyta, hagy folyjon, majd letörölte arcáról a cseppeket. Egyedül volt a templomban, elmondott egy imát, keresztet vetett, és kisétált a friss levegőre. Tudta, hogy megpecsételődött a sorsa, és ezentúl minden örömét és bánatát ide hozza majd a Szűznek. A templom előtt magányos mandulafa állt. Ilyen magányosnak érezte Bonnie is magát, de szerette a magányát. Jobbra egy sziklán egy óriási feszületet látott. Továbbsétált. Két kedves, fura alakú szikla állt merészen a szakadék szélén, hívta Bonnie-t, hogy másszon fel rá. Átmászott a deszkakerítésen. A szikla tetején még pazarabb kilátás nyílt a városra. Ez a szikla mindig az enyém marad – gondolta Bonnie, amikor óvatosan kapaszkodva lefele lépdelt magas talpú szandáljában. Egy távolabbi sziklán egy másik feszületre figyelt fel. Leült a fűre, és onnan nézte a naplementét. Azt érezte, hogy lassan eggyé válik a mindenséggel és egy kis porszem ebben a nagyvilágban, ahová született.

Alkonyodni kezdett, a templomkaput is bezárták. Alatta csendesedni látszott a város. Szaporázni kezdte a lépteit, és azon az úton, ahol jött, ezúttal a lejtőn lassan lépkedve lefelé eljutott a belvárosba.

Vacsora után Bonnie egy új hosszú levél írásába kezdett, melyet a barátnőjének írt, a levél végén ez a mondat szerepelt: „Miért érzem mindig és egyre jobban, hogy magához láncol ez a hely??"

Kilencedik fejezet

Másnap Bonnie konzultáció után rögtön műtőbe került: hasplasztikai műtétnél asszisztált, majdnem három óra hosszat tartott. Szerencsére Bonnie reggeli nélkül sosem indult el otthonról és az a fajta volt, aki életében sosem ájult el, vagy szédült meg a látványtól. Kemény menet volt, illetve lett volna komoly megrázkódtatás másnak, de Bonnie gépiesen tartotta a kezébe adott lapocot és látta, hogy a beteg hasán égetik a zsírt, melynek a szaga sem volt kellemes, de Bonnie-t ez sem zavarta. A beteg hirtelen negyvenöt kilót fogyott, a has bőre megnyúlt, a bőr alatti zsírt lekaparták, majd a maradékot elsütötték, darabokat vágtak ki a megnyúlt hasfal bőréből, majd takarosan összevarrták. A beteg rengeteget vérzett, Bonnie a végén már nem számolta a véres műtéti kendőket, amik ledobásra kerültek. A hatvanadiknál megunta a számolást. A műtőben, mielőtt az operáló orvos megérkezett, a többiek figyelmeztették Bonnie-t, hogy a főorvos kiabálni fog vele – mindenkivel ezt teszi –, de ne törődjön vele. Hallotta már klinikai pletykákból, hogy a főorvos homoszexuális, kicsit sajnálta, hogy ezt mindenki tudja, és gondolta, hogy talán ettől a tudattól lehet frusztrált. Bonnie felvette a megközelíthetetlen álarcot és gépies mozdulatokkal tette, amit kértek tőle. Másfél óra után Bonnie még mindig egyenes háttal, bár kissé remegő kézzel tartotta kampókat mindkét kezével, amikor a főorvos gúnyosan megkérdezte:
– Bírod még, Bonnie? Reggeliztél?
– Természetesen – szólt a határozott egyszavas válasz, és Bonnie igyekezett, hogy ne lássák, a keze remeg.
Bonnie próbálta elképzelni, hogy másutt van, hogy ül a kedvenc tópartján, nem akarta hallani a főorvos egyre gusztustalanabb vicceit, amit vagy egyenesen neki szánt, vagy a műtő hallgatóságát szerette volna vele szórakoztatni. Az elején próbálkozott a kiabálással, de félóra múlva – látván, hogy ez Bonnie-ra semmilyen hatással nincsen – abbahagyta a piszkálódást.

A műtét vége felé, kb. a harmadik órában a főorvos megkérdezte:

– Nem fogsz elájulni?

Bonnie a fejét rázta. Csak a szeme látszott ki a maszkból, felemelte a fejét, egyenesen a főorvos szemébe nézett, majd alig hallhatóan felelt, inkább csak a szemével üzent neki:

– Jól vagyok, ki fogok tartani a végéig.

Miután kiment a főorvos és az utolsó bőrvarratokat helyezték be, a másik asszisztáló sebész orvoskolléga, a műtősnő, az aneszteziológus és a műtősfiú megdicsérték Bonnie-t. Véleményük szerint a főorvos már nem fogja többet piszkálni, túljutott a próbán. Kérdezgetni kezdték, hogy mit csinál délutánonként, miért nem jár diszkóba, majd a legelképesztőbb az volt, amikor a műtősfiú elhívta hétvégére az orfűi nyaralójába.

Bonnie a végére teljesen elfáradt mentálisan, de ahogy otthonról hozott jól neveltsége mutatta, határozottan és röviden visszautasította a műtősfiú közeledését, bár legszívesebben ordított volna, hogy mit képzel róla ... Ahogy fáradtan kilépett a műtő ajtaján, Fred már várta:

– Mit szólnál hozzá, ha kettesben elmennénk biciklizni délután?

Bonnie fáradt volt, nem értette, hogy mit akarnak tőle ezek a férfiak, akiknek semmi jelet nem küldött a testbeszédével, leginkább csak arra vágyott, hogy hagyják már őt békén. Nem akart bunkónak látszani, levetette fejéről a műtőssapkát, csendesen elutasította, de közben az igazat mondta:

– Hegyekben még sosem bicikliztem, köszi, menj el mással.

Ingerülten ledobta a lábzsákot a közeli szemetesbe és sietősre fogta a lépteit, hogy minél előbb megszabaduljon ebből a kínos szituációból is. Amikor a folyosó végére ért, a két új francia fiú kérte, hogy mondja meg a többieknek, hogy délután szívesen meginnának valamit egy étteremben a többiekkel, és kérték Bonnie-t, hogy szervezze meg a találkozást. Bonnie odament a többiekhez, feltette a kérdést, hogy kinek lenne kedve menni valahova délután, de Freden kívül senki sem jelentkezett. Végül azt mondta a többieknek, hogy jövő hétre megszervezi, hogy minél többen jöjjenek.

Carry, az egyik új lány, Fred és Bonnie együtt indultak haza. Felültek a buszra, miközben Fred folyamatosan szóval tartotta: a vizsgákról beszélt, hogy még van egy vizsgája belgyógyászatból, amit a nyár végére halasztott, meg az egyetemről, ahova jár. Bonnie szerette hallgatni, amint beszél, de válaszolni már túl fáradt volt a mai nap stresszhelyzetei után. Szemkontaktust tartott vele, időnként bólintott egyet, hogy Fred lássa, érdekli, amit mond. Búcsúzóul Bonnie kezébe adta a névjegykártyáját azzal, hogy ha Bonnie-nak van kedve valahova délután menni, nyugodtan hívja. Most már tudta a teljes nevét: „Fred Headaway, orvostanhallgató", ez állt a névjegykártyán, címmel, telefonszámmal. A névjegykártya keménypapírból készült, zöld márványmintás alapon cirádás betűkkel volt rajta a fiú neve. Bonnie-n átfutott a gondolat, hogy miért van szüksége egy orvostanhallgató fiúnak névjegykártyára, azután eszébe jutott, hogy biztosan csajozásra használja.

– Ha van kedvetek kirándulni menni, csak hívjatok, szívesen elmegyek veletek – mondta.

Miután Fred leszállt a buszról, Carry magyarázni kezdte:

– Ez a fiú nagyon éretlen, soha nem mennék el vele sehova. Az apja az egyetemen dolgozik, szexológiát tanít. Fred olyan, mint az apja, szexmániás …

Azt Bonnie is észrevette, hogy nyomulós, főleg, amikor közel áll hozzá. Jól emlékezett rá, hogy ma is benne állt a privát szférájában. Ez nagyon zavarta, ekkor Bonnie önkéntelenül is hátralépett. Következőként Bonnie szállt le a buszról, elköszönt Carrytől, tervbe vette, hogy megnézi a Jakováli Hasszán-dzsámit a Kórház téren. Kifizette a belépőjegyet, majd végigolvasta a feliratokat: *„A jakováli Hasszán dzsámija Magyarország egyik legjobb állapotában fennmaradt török építészeti emléke, az egyetlen, amelynél a dzsámi és a hozzá csatlakozó karcsú minaret majdnem változatlanul őrizte meg az eredeti formáját. A jakováli Hasszán pasa építtette, feltehetően a 16. század második felében. Jakováli Hasszán dzsámija e török templomtípus hagyományos elrendezését követi. Mekkára van tájolva, tengelye tehát északnyugat– délkeleti. Jelenlegi berendezésével imaházként is szolgál, valamint török tör-*

téneti és művészeti tárgyak kiállítóhelye. A dzsámit először az 1960-as években restaurálták ..."

Bonnie végignézte a kiállítást, megköszönte az idegenvezetést, majd kilépett az épületből. Szemben a téren megvárta a 34-es buszt. Szűk szerpentineken vitte fel a jármű a tévétoronyig. Lifttel lehetett feljutni a toronyba, az éttermi részhez, illetve a tetején lévő kilátóhoz. Fenn a magasban elé tárult a város. A város, amit annyira szeretett, szétterült előtte, mint apró, miniatűr ékszerdoboz. Olyan részletek is elé tárultak, amelyekről nem is tudott; távolabb elhagyott kőbányák sorakoztak. Fenn hűvösebb volt, fújt a szél, a torony meg-megremegett, Bonnie is megingott vele. Fázósan bújt bele a kardigánjába, majd összehúzta magán. Félelmetes volt, ahogy ott állt fenn egyedül a felhők magasságában, aprónak látott mindent, a Kórház teret is, ahonnan elindult. A szél elsüvített a füle mellett. Érezte, hogy sosem volt még és sosem lesz ilyen boldog és szabad. Gondolataiban egy vers járt, ami akkor volt megszületőben, talált egy tollat a hátizsákja elülső rekeszében, majd elővett egy papírzsebkendőt, a távolba nézett és úgy írta a sorokat, melyek akkor jutottak eszébe, mintha valaki diktálta volna neki.

Vándora leszek a hegynek,
És kincse a magos végtelennek.
Bűbájos, lázító, szemtelen arcú tünemény e nyár,
Itt a zöld völgyek között újra táncol már,
És hív magával a zöldellő erdő,
A hegynek fel, völgynek le késztetés.
A sok szomjoltó forrás a hegyek lágy ölén.

Magához láncol a város,
A nagy, barokkos stílusú terek.
A templomok, melyekben oly' áhítattal lépkedek,
Hogy egyszer újra ...
És elhagy a szó, ahogy körbejárok, úgy vigyázok
El ne szálljon belőlem a forrongó, ámító reszketés,
Ahogy fűzi apró láncát,

A Zsolnay-kútban, a víz tükrében bámulja magát a kevély
napsugár.

Emberek ömlenek a téren,
A Király utcán lépkedek.
Észreveszem a fényt egy kirakat mélyéről,
Ahogy pajkosan rám nevet.

Mintha egy ékszerdobozt látnék fentről,
Az ég már kékebb nem lehet.
Templomok zöld tetői,
És a köztük eldugott terek.
A szél kócosan összekuszál és fülembe súg,
Vajon mit zizeg rá a falevél válaszul?
Innen alig látszanak a házak, aprók az emberek.
*És **Pécs** csak tündököl a sugárban a nyüzsgő lárma halk*
moraja felett ...

Miután megírta a verset, eltette a tollat, a zsebkendőt gondosan összehajtogatta és zsebre vágta. A vers címén gondolkodott, **Symphonia Sopianae** lesz a címe. A busz ritkán járt, talán óránként, elhatározta, hogy elindul lefelé gyalog. Fehér, csipkés blúz és egy kék-fehér csíkos, fodros rövidnadrág volt rajta, lábán a magas talpú szandált viselt. Nem sejtette, hogy kihívóan van felöltözve, semmi nem takarta formás combjait. Ahogy gyalogolt lefelé a szerpentinen, egy autó állt meg mellette. A benne ülő két srác felajánlotta, hogy leviszik a városba. Bonnie kedvesen, de határozottan elutasította a fuvart, magabiztos léptekkel ment lefelé a hegyen. Mire hazaért, úgy érezte, hogy nem érzi a lábait. Vett egy forró fürdőt, és szó szerint bezuhant az ágyba.

Tizedik fejezet

Másnap Bonnie késésben volt, de időben beért végül a klinikára. A konzultáció előtt Annikának elmesélte, hogy merre járt előző délután. Fred nem messze állt tőlük és hallgatta az angol nyelvű beszámolót, majd váratlanul odalépett hozzájuk:

– Vártam délután, hogy felhívj, miért nem hívtál? – kérdezte, és a lány szemébe nézett.

Bonnie jól nevelt volt és hirtelen semmi más nem jutott eszébe, csak hogy hazudjon. Nem akarta Fredet megbántani. Esze ágában sem volt felhívni a fiút. Jól érezte magát egyedül előző délután.

– Carrynél maradt a névjegykártya, így nem tudtalak felhívni.

Fred belenyúlt a zsebébe, és egy másik névjegykártyát nyújtott át a lánynak. Egyedül Bonnie tudta, hogy ez lesz a fiú második névjegykártyája, amit betesz majd a pénztárcájába.

Nem értette, hogy miért nyomul rá annyira – ez már szinte taszította.

Fred izmos volt, jó testű, napbarnított. Szép barna szeme volt, hosszú szempillái, egy fejjel volt magasabb Bonnie-nál, mindig mosolygott. Ez a mosoly mindig arra intette Bonnie-t, hogy ez a fiú kitűzte magának a célt, hogy elcsábítja. Többször volt már hasonló helyzetben, higgadt maradt és magában azt gondolta, hogy úgyis hiába minden, és azt: „nem leszek egy új darab a fiú bélyeggyűjteményében".

Bonnie szomjas volt, a büfébe készült. Fred ott ügetett a nyomában, és mint egy hűséges kutya, mindenhova elkísérte. Bonnie megette a szendvicsét, narancslevet rendelt, Fred kólát ivott, mint – ami később kiderült – szokása volt. Tíz óráig ültek kinn a jóleső napfényben, miközben Frednek be nem állt a szája. Bonnie-t szinte már fárasztotta:

– Apukám az egyetem elméleti intézetében dolgozik.

– Egy jóbarátom anyukája ott titkárnő – szólt közbe Bonnie, miközben beleharapott a szendvicsébe.

– Akkor ő csak Gabriel lehet – mondta –, jó haverom, de mostanában nem találkoztunk. Egyszerre felvételiztünk az orvosira, de őt nem vették fel, így a szegedi gyógyszerészkart választotta. Apukám együtt készített fel minket az egyetemi felvételi vizsgákra. Néha úgy untuk az órákat, hogy mindketten az étkezőben a faliórát néztük mikor lesz már vége – nevetett. –Akkor ismerned kell az ő évfolyamtársát, tudod, azt a siófoki srácot, őt is apa készítette fel.

Bonnie ismerte azt a fiút is a gólyatáborból, így bólintott. Sosem gondolta volna, hogy ilyen kicsi a világ … minden olyan sorsszerű.

Fred olyan közel ült hozzá, mint még senki, szinte megint benne ült az intim szférájában, de Bonnie mostanra kezdte megszokni. Frednek volt egy mozdulata, mintha át akarná ölelni, de Bonnie elhárította.

Sokat beszélgettek, főleg az egyetemről, a vizsgákról, majd visszamentek az osztályra. Fred állandóan Bonnie nyomában járt, nem mozdult el mellőle, és Bonnie-nak ez lassan imponálni kezdett. Annika és Bonnie körbejárták az osztályt, de nem volt teendőjük – valaki már megcsinálta helyettük a feladatokat. Fred segítséget kért, Bonnie ment segíteni neki, beírta a számítógépbe, amit Fred mondott: gyorsan írt géppel. Fred mindvégig ott állt mellette és Bonnie-t figyelte gépelés közben. Mindez nagyon zavarba ejtő volt.

Fred és Bonnie az ellentétes szárnyon dolgoztak. Egy alkalommal Bonnie is átment, hogy megnézze, hol tart a fiú, ezzel jelezve neki, hogy nem közömbös számára.

A fiatal sebész Bonnie mellé osztotta az egyik francia fiút.

– Milyen szerencsés fickó! – jegyezte meg hangosan Fred.

Kb. egy órára végeztek a betegfelvétellel, Fred megvárta a lányt az öltöző előtt és azt javasolta, hogy menjenek együtt busszal egy darabig, majd sétáljanak a Király utcán.

– Rendben – felelte Bonnie.

Carry, Bonnie és Fred megvárták a csuklós buszt, középen álltak hárman, kapaszkodtak a kanyargós úton. Fred folyamatosan beszélt, Bonnie szerette hallgatni a fiút. Egyszer Bonniehoz fordult és megkérdezte:

– Mikor lesz az esküvőd?

Bonnie megdöbbent a provokatív kérdésen. Ilyen rövid ismeretség után nem kérdezünk meg ilyet valakitől, és nem ilyen nyíltan – gondolta.

– Nincs még megszervezve, előbb meg kell találnom az igazit – felelte.

Már a Király utcán sétáltak kettesben, amikor Fred megkérdezte:

– Miért beszéltél velem olyan keveset ma reggel? – célzott arra, hogy Bonnie keveset mesélt magáról, főleg Fredet hallgatta.

– Általában keveset beszélek.

– Nem baj, majd kinővöd – oktatta fölényes hangján Fred.

Bonnie azt érezte, hogy aznap már egy lépéssel közelebb került a fiúhoz, de ezzel a kritikus megjegyzéssel ismét három lépéssel távolabb került tőle. Bonnie gyűlölte a kritikus megjegyzéseket. Rosszul kezdte érezni magát. Bonnie képtelen volt egy idegennel beszélni magáról, vagy belső érzéseket, titkokat megosztani. Ehhez neki idő kell még egy barátságban is, ez a kapcsolat azonban, úgy érezte, valami másról kezd szólni. Ilyen helyzetben még nem volt, hogy kérdezgetik, mintha vallatnák, neki pedig felelni kell. Előbb meg kell ismernie Fredet, hogy megoszthassa vele a gondolatait, de azt is tudta, nincs joga elvárni bármi őszinteséget, figyelmet a fiútól, ha nem ad magából semmit.

– Lány vagy fiú barátod van több? – folytatta az idegesítő pszichológiai interjút Fred.

– Kb. ugyanannyi – hazudta Bonnie – fiú barátja alig volt.

– Sok barátom van, főleg lányok – büszkélkedett Fred.

Bonnie fejében ismételten kigyulladt a piros lámpa, hogy nem ő lesz a következő, ebben biztos volt. Miután elbúcsúztak a Király utcán, Fred elmondta, hogy délután el kell vinnie az autót a szervizbe, de ahogy végez, ha lesz egy kis ideje, meglátogatja Bonnie-t a kollégiumban. Péntek lévén Bonnie azt tervezte, hogy ezen a hétvégén is elutazik Kisapálytóra, ahol a nyaralójuk volt, ott találkozik majd a szüleivel.

Felment a szobájába. Fájni kezdett a hasa, megjött a menzesze, egy héttel korábban. Eddig sosem történt vele ilyen, mindig naprakészen jött meg. Bevett egy görcsoldót, ivott egy pohár vizet.

Gondolkodni kezdett. Ez a fiú képes rá, hogy áttörje a falait, hogy belépjen abba a belső lelki térbe, ahol eddig senki nem járt. Gabriellel is próbálta, de neki nem sikerült, mert más típusú srác volt, az az „ice cool” típus, nem illettek össze. Ez a fiú más, maga a szenvedély – gondolta –, máris többet tud róla, mint bármelyik srácról, akivel egy-egy alkalommal elment valahova.

Elöntötte a vér. Ilyen sem volt még soha, s nem értette, most miért. Fehérneműt cserélt, pakolgatni kezdett. Gabriel sosem volt közel hozzá lelkileg. Fredet közelebb kellene magához engedni – érezte –, de nem annyira, hogy belehaljon, amikor elmegy innen.

Betette a magnójába kedvenc Barbra Streisand-kazettáját, tett-vett, énekelt is hozzá, hasi görcsei hamarosan megszűntek. Pontosan három órakor kopogtattak az ajtón, Bonnie ajtót nyitott. Fred állt az ajtóban. Bonnie meg volt ezen lepve; bár a fiú említette, hogy eljön, de Bonnie nem gondolta komolyan. Biciklivel tekert át a városon, hogy időben odaérjen.

– Honnan tudtad a szobaszámomat?

– Hallottam, amikor a finn lánynak mesélted ...

Bonnie szeme elkerekedett a csodálkozástól, hogy milyen régóta figyeli ez a fiú. Fred könnyedén helyet foglalt Bonnie ágyán, beszélt és beszélt, miközben figyelte, hogy Bonnie az utolsó ruhadarabokat pakolja a hátizsákjába. Négy fele Bonnie megköszönte Fred látogatását, mondta, hogy most már mennie kell, hogy elérje a vonatot. Fred ragaszkodott hozzá, hogy elmenjen vele. Mentek a tűző napon egymás mellett, Fred mindvégig tolta a biciklijét mellette, és beszélt és beszélt ... Bonnie szeretettel hallgatta.

Mikor Bonnie végül felszállt a vonatra, Fred jó hétvégét kívánt, hosszasan integetett a lánynak.

Bonnie érezte, hogy elindult valami köztük, jóleső érzéssel töltötte el, de aggódni is kezdett.

Tizenegyedik fejezet

Napbarnítottan, kipihenten érkezett meg előző este. A hétvége gyorsan eltelt. Az egész délutánt a tavon töltötte, egy felfújt gumicsónakban evezett, majd amikor megunta, kikötötte a csónakot az egyik bójánál és olvasott. A csónakból nézte a naplementét, majd amikor a nap végleg lenyugodott és ő már fázott a vizes fürdőruhájában, felment a nyaralóba, ahol a szülei vacsorával várták. Éjfélig kártyáztak.

Hétfő reggel lévén gyorsan összeszedte magát és elindult dolgozni. A reggeli referáló után Fred odalépett hozzá:

– Jó, hogy látlak! Hogy telt a hétvége? – kérdezte.

– Sokat sikerült pihennem – felelte Bonnie. – És te mit csináltál?

– Nem történt semmi különös, csak a szokásos, kinn voltam a telken – felelte Fred. – Eljönnél velem a városba délelőtt? – kérdezte.

– Szívesen – felelte Bonnie.

A sárga autó a parkolóban állt. Fred kinyitotta Bonnie előtt az ajtót, a lány pedig beült.

Valahogy nem érezte már teljesen idegennek a fiút, bízott benne és egyre jobban szeretett vele lenni, de ezt magának sem vallotta be. Bonnie megállapította, hogy veszélyesen vezet, de lehet, hogy ez az összehasonlítás abból eredt, hogy ő alföldi lány volt, mindig sík terepen vezetett. Fred időnként felgyorsította az autót, kanyar előtt sem fékezett, csak tartotta a sebességet. Bonnie sikongatni tudott volna, de visszafogta magát. Fred udvarias és figyelmes volt vele. Egy-két bolt mellett megálltak, ahol Fred vásárolt vagy intézett valamit, majd hirtelen elhatározásból Fred irányt változtatott. Demjént hallgattak az autóban és Bonnie észrevette, hogy zenei ízlésük teljesen megegyezik. Épp a *Szabadság vándorai* szólt az autóban, ami megfelelt lelkiállapotának: szabadnak érezte magát együtt a fiúval, ahogy száguldott az autó az ismeretlen úticél felé. Becsukta a szemét, és magában énekelte a szöveget: *„Ha eltűnünk egy perc alatt, velünk semmi sem tűnik el …".* Ez az út a szabadság felé vezet, pont rájuk illett a szöveg. Széles, forgalmas főúton haladt az autó, Fred kedvesen beszélt hozzá, Bonnie a maga módján egész mondatokban felelt. Egy gyönyörű tóparton állt meg az autó. Kisapálytóra emlékeztette, ami már most hiányzott neki, pedig előző nap jött el onnan. Kecses, hosszú sorban katonásan álltak a fehér törzsű nyírfák, köztük árnyas gyalogutak kanyarogtak. Fred érezte Bonnie kisugárzásából, hogy olyan helyre hozta a lányt, ahol lelke kiszabadul a mindennapi élet kötelességei közül, és szárnyra kap. Bonnie nem mondta ki, de Fred pontosan érezte. Egy domb tetején állt egy kilátó, mindketten megmászták, gyönyörű kilátás nyílt a tóra, a körülötte lévő nádasra, és távolabb látszott a város, amit most hagytak el. Nem tudta, hogy hol vannak, de érezte, hogy egyszer majd vissza kell jönnie ide, de nem kérdezte Fredet, merre járnak. Mindegy volt, hova viszi …

Délben értek vissza a klinikára, megették az uzsonnát a teraszon, Fred a szokásos kóláját itta, a büfében leültek egy asztalhoz egymással szemben, és Bonnie-nak lassan olyan természetesnek tűnt, hogy együtt vannak, mintha száz éve ismerné a fiút. Az uzsonna végeztével fehér köpenyben végigsétáltak a folyosón, de nem találtak tennivalót, így Fred azt javasolta, hogy menjenek el. A közelben, a várfallal szemben, ismert egy idegennyelvi könyvesboltot – tudta, hogy Bonnie szereti az angol könyveket, ezzel is a kedvében akart járni. Bonnie úgy érezte magát, mint, aki beszabadul egy édességboltba és enni és enni akar, mindent megkóstolni. Végül egy könyvet vett csak meg magának, úgy gondolta, hogy a strandon elolvassa majd, bőven lesz rá ideje. Nem sejtette, hogy nem lesz többet egyedül, minden idejét Freddel tölti majd ezután. Fred hazavitte a kollégiumba, elbúcsúztak és megbeszélték, hogy este találkoznak. Estére volt kitűzve a vacsora a külföldi diákokkal.

Bonnie már korábban megbeszélte Judithtal, hogy fél négykor találkoznak az egyetemhez közeli strandon. Alighogy a strandra ért és találkozott Judithtal, hirtelen a medence mellett megjelent Fred. A lány csodálkozott, hogy hogyan került ide ismét

a fiú. Izmos és napbarnított teste tetszett a lánynak, szerette a
száját és a szép, melengető barna szemét. A medencében Fred
többször átölelte a testét, a víz felett tartotta, majd arrébb tol-
ta, játszottak, mint a gyerekek. Bonnie életében most érezte
először, hogy elgyengül egy érintéstől, de ezt magának sem volt
hajlandó bevallani. Mindig lekontrollálta a tetteit, a szavait, a
mozdulatait, ahogy nevelték, de azt nem tudta nem észreven-
ni, hogy jólesik Fred közelsége. A medencében találkoztak két
sebész kollégával, jókat beszélgettek, majd fél hatkor kimász-
tak a medence szélére, hogy megszárítkozzanak. Fred tett egy
megjegyzést, hogy az esti találkozó után ott aludna a szobájá-
ban, mert nincs olyankor már busz hazafelé. Bonnie ledöbbent
ezen, s határozottan nemmel felelt. Úgy érezte, hogy hiábava-
ló volt Fred minden kedvessége iránta, ha úgy gondolja, hogy
ágyba tudja őt vinni. Bonnie hátrahőkölt, mint egy felidegesí-
tett bika, támadásra kész volt, ezzel ismét pár lépéssel távo-
labb került a fiútól.

Bonnie-nak hét órára sikerült megszervezni a külföldi diá-
kokkal az esti találkozót. Este hét órakor kellett találkozniuk
a Széchenyi téren, hogy onnan sétáljanak tovább együtt, a Ró-
zsakertben volt számukra asztal foglalva. A fülledt nyári estén
Bonnie lezuhanyozva, nyári ruhájában sétált a Király utcán, már
majdnem a sarokra ért, amikor nyílt a McDonald's ajtaja és Gab-
riel lépett ki rajta a barátnőjével. Bonnie-n nem volt napszem-
üveg, pár másodpercig azon gondolkodott, hogyan kerülhetné
el a találkozást, de már nem volt visszaút. Egymással szemben
haladtak az utcán.

– Szia, Bonnie.

– Szia, Gabriel – felelte mosolyogva. – Jobban vagy?

– Jobban, köszönöm – mutatott fáslis lábára.

Ezek szerint már hosszabb sétákra is elmehet – gondolta
Bonnie.

– Ő itt Hedvig – mutatta be Gabriel a barátnőjét.

– Szia, Bonnie – ráztak kezet a lánnyal.

Hedvig magasabb volt, mint Bonnie, teltkarcsú, sötétkék, fe-
hér mintás, bokáig érő nyári ruhát viselt, és ahogy kényelmetle-

nül mosolyogni próbált, látszott, hogy két első metszőfoga között rés tátong. Bonnie nem érezte kényelmetlenül magát, nevetni tudott volna, hogy ez a lány Gabriel barátnője, miatta pattintotta le őt, de visszafogta érzéseit, hogy ne látsszon rajta semmi.

– Örülök, hogy láttalak és hogy jobban vagy. Most viszont mennem kell – nézett a nagy számlapos, szőke lányfejet ábrázoló órájának lapjára –, hét órakor találkozóm van a külföldi diákokkal – és Hunyadi lovasszobrára mutatott, ahol már ácsorogtak jónéhányan.

– Szia!

– Sziasztok! – mondta, majd határozott léptekkel sarkon fordult, hogy pár méter után megérkezzen a találkozó helyéhez.

Freddel szinte egyszerre értek a lovasszoborhoz, ő más irányból jött. Bonnie azon gondolkodott el, hogy Gabriel látta-e Fredet, és Fred látta-e, hogy kikkel beszél.

Kis csoport – a három francia lány, a három francia fiú, Tiffany, két spanyol lány és több ismeretlen diák – gyülekezett már a szobor előtt. Fred bemutatta a húgát, Ann-t, és a legjobb barátját, Andrewt. Bonnie nem értette, hogy Ann és Andrew hogy kerültek oda, mikor nem voltak tagjai a klinikai csapatnak. Bonnie-ban két gondolat fogalmazódott meg: vagy szimplán szórakozni jöttek, vagy Fred körbe akarja hordozni, mint leendő trófeát, vagy kikérni barátja és a húga véleményét őróla. Sajnos a finn lány, akivel Bonnie korábban jókat beszélgetett és unalmas perceikben jónéhány finn és magyar szót is összehasonlítgattak, nem jött el. Egy hosszú asztalnál ültek a Rózsakertben, közvetlenül a terebélyes mogyorófa alatt. Fred és Bonnie körülbelül az asztal közepe táján foglaltak helyet egymás mellett, Fred Bonnie balján ült. Bonnie magába roskadva, szótlanul ült Fred mellett, az előbbi történéseket elevenítette fel magában és azon gondolkodott, hogy lehet ilyen furcsa az élet, hogy kerül ő most ide, egyáltalán mit keres itt – bár szép, meleg júliusi csillagos este van – azon kívül, hogy persze fordítania kell a diákok és Fred között.

Fred észrevette, hogy elmélázott és rákérdezett:

– Mire gondolsz?

– Semmi különösre – válaszolta Bonnie. Fred úgysem értené az egészet.

– Ne hazudj! – fordult felé Fred, és mélyen a szemébe nézett.

Bonnie rámosolygott a fiúra; szerette volna, ha békén hagyja a kérdéseivel. Nincs olyan gondolata, amit megosztana – merengett az előbbi történésen, de gondolatait még saját maga sem értette.

A külföldi diákok vacsoráztak, a magyarok csak gyümölcslevet ittak, végül a külföldiek fizették a számlát. Fülledt éjszaka volt, csillagok ragyogtak a fejük felett, a telihold rávilágított egy üresen maradt söröskorsóra. Élőzene szólt, többen táncolni mentek, Fred is táncolni hívta Bonnie-t. Bonnie szeretett táncolni, Fred jó táncpartnernek bizonyult. Szinte egész este együtt táncoltak. Jó volt így, mert nem nyílt randevú volt ez, nem a kettejük első randevúja, hanem egy társasággal voltak, ahol mindenkinek jó hangulata támadt. Ahogy kimelegedve visszaültek az asztalhoz, Fred finoman rátette jobb kezét a lány bal combjára. Bonnie először megfogta a kezet és eltolta magától, másodjára már szerette az érintést, ami nem volt tolakodó, magabiztosságot és erőt sugárzott. Egy alkalommal Fred felállt Bonnie mellől és felkérte az egyik jó testű spanyol lányt táncolni. A francia fiú ezt kihasználva, hogy Bonnie egyedül maradt az asztalnál, kérte Bonnie-t, hogy táncoljon vele. Bonnie tettette, hogy nem látja, sőt nem érdekli, amit Fred a spanyol lánnyal művel a táncparketten. A francia fiú nem táncolt jól, de kínosan végigtáncolt vele két számot, hogy később érjen vissza az asztalukhoz, mint Fred. Bonnie leült Fred mellé, Fred jobb kezét azonnal Bonnie bal combjára tette, jelezvén, hogy ez az ő felségterülete, és nem másé. Bonnie felemelte a kezet és finoman arrébb tette. Fred a spanyol lányról kezdett vele beszélgetni.

– Na, és milyen nyelven kommunikáltatok? – nézett Bonnie pimaszul Fredre, s úgy érezte, hogy majd' szétrobban a féltékenységtől.

– Ne légy gonosz! – mondta Fred, és Bonnie felé fordult.

A fiú és a lány nem beszéltek sokat, de ott abban a pillanatban eldőlt valami, valami elkezdődött: izzott kettejük között a levegő.

Éjfél fele lassan bomlani kezdett a társaság. Ann, Bonnie, Andrew és Fred együtt indultak el a vendéglőből.

– Telihold van – mondta Fred –, ez az az időpont, amikor felcsapnak az érzelmek, jó időszak a szeretkezésre.

Bonnie úgy tett, mint aki nem hallja a megjegyzést. Gyalog sétáltak tovább négyen a Janus Pannonius utcán, át a Széchenyi téren, a Király utcán, hogy Bonnie-t elkísérjék a kollégiumig. A séta vidám csevejjel folytatódott. Fred több alkalommal próbálkozott, hogy hadd aludjon Bonnie-nál.

– Elnéznéd, hogy a fájós térdemmel hazagyalogoljak a kertvárosba?

– Igen, simán – felelte Bonnie, majd a sokadik kérdésre kitalálta a jól hangzó választ:

– Elnéznéd, hogy szegény húgod egyedül gyalogol haza?

Erre is megvolt Fred jól hangzó válasza:

– Nem egyedül megy, Andrew hazakíséri.

A kollégium kapuja zárva volt – elmúlt éjfél –, így Bonnie-ban felvetődött, hogy végső esetben neki kell majd Fred lakásában aludnia, ha nem engedi be a portás, de biztos volt benne, hogy nem fog történni köztük semmi. Végső elkeseredésében becsöngetett. A portás álmosan nyitott ajtót:

– Hogy sikerült ilyen sokáig kimaradni? – kérdezte.

Bonnie szégyenlősen hablatyolt valamit külföldi diákokról meg a Rózsakertben töltött estéről, majd gyorsan felment a szobájába – szégyenében mihamarabb el akart tűnni.

Hajnal két óra volt, mire befejezte az angol nyelvű napló megírását, amit barátnőjének, Carolnak szánt. Fred nem adott neki elég időt, hogy egyedül lehessen, most kénytelen volt éjjel írni. Meleg volt, szélesre tárta az ablakot. A város csendes volt, még itt-ott kevés hársfaillatot fújt be a kellemes nyári szellő. Bonnie letette fejét a párnára, és villámgyorsan elaludt.

Tizenkettedik fejezet

A reggeli referáló alatt Fred Bonnie vállára hajtotta a fejét, úgy próbált pihenni még egy kicsit. Bonnie is álmos volt, de nem panaszkodott. Fred halkan odasúgta Bonnie fülébe:

– A térdem is fáj. Mindez miattad van: hagytál, hogy hazasétáljak majdnem hat kilométert.

A büfében arról beszélgettek, milyen jó volna, ha Bonnie szegedi barátnője is itt lenne vele.

– Nyugodtan mondd neki, hogy pakoljon össze egy hátizsákot és induljon el, senki nem veszi észre, ha egy-két éjszakát a kollégiumban tölt majd.

Bonnie ezen eltöprengett, de nem gondolta komolyan, hogy ez lehetséges. Eszébe jutott, hogy talán megpróbálkozhatna aláíratni az indexét, így be sem kellene járnia.

A külföldi diákokkal előző este megbeszélték, hogy akinek nem kell műtőbe mennie, az jöjjön át a reggeli referáló után fél kilenckor a közeli strandra. Fred aznap is autóval jött dolgozni, de mivel közel volt az uszoda, a klinikakertben hagyta az autóját. Kettesben sétáltak végig a klinikától az Alkotmány utcán, a platánfákkal övezett úton.

– Ne haragudj, a tegnapiért. Tudod, mire gondolok … – mondta Fred.

Bonnie nem tudta pontosan, hogy miért kér bocsánatot – a spanyol lány miatt, vagy amiatt, hogy simogatta a combját, végül sejtette, hogy a szexre gondol, amire útközben célzott –, de gálánsan válaszolt:

– Nem tudom, mire gondolsz. Nincs miért bocsánatot kérned.

Fred jó néhányszor megállította az utcán és helyet cserélt vele: meggyőződése volt, hogy a férfinak a nő balján kell menni, a férfi jobbján hordozza a nőt. Bonnie kezdett tőle idegbajt kapni, de kedves gesztusnak tartotta, úgyhogy lassan beleszokott, hogy Fred jobbján kell mennie, és Fred az ő szíve felől megy, a balján.

Tiffany és néhány külföldi diák már vígan úszkált a medencében, mire Freddel odaértek. Kellemesen hűvös volt a víz, még kora délelőtt lévén nem melegedett fel annyira, Bonnie-nak jólesett az úszás. Délben már melegen tűzött a nap, és visszamentek az elméleti tömbhöz. Fred elmesélte, hogy szeptemberben orvosi angol nyelvvizsgát szeretne tenni, emiatt angol teszteket kellene fénymásolnia. Ahogy Fred és Bonnie együtt sétáltak a klinikakertben, a lány észrevette, hogy mindenki köszön a fiúnak, mindenki jól ismeri, egy-egy alkalommal beszédbe is elegyedett valakivel. Bonnie ott állt mellettük, és hallgatta őket. Becsengettek az egyik elméleti intézetbe. Egy rózsaszín blúzos, rózsaszín keretes szemüveges, kissé telt szőke hölgy nyitott ajtót, s kedvesen bevezette őket. Olyan rózsaszín volt. Majd egy mosolygós, kedves, barna hajú hölgy átvette a papírokat – Fred tegeződött vele. Amikor a mosolygós barna hölgy végzett a fénymásolással, visszaadta a fénymásolandót a fiúnak, és ráadásnak kapott még egy köteg papírt. Közben Fred egy magas, kisportolt, őszes hajú férfival is beszélt egy keveset.

Fred és Bonnie kiléptek a klinikakertbe, hogy egy rövid séta után visszaérkezzenek a sebészeti osztályra, amikor Fred magyarázni kezdett:

– A hölgy, aki ajtót nyitott, Gabriel anyukája volt. Az anyukám volt, aki fénymásolt, az apukámat is láthattad.

Bonnie nem értette, hogy miért nem mutatta akkor őt be nekik, vagy csak szemrevételezni vitte, körbehordta, mint egy véres kardot, hogy megtudja, hogy Bonnie megfelel-e a szigorú szülői elvárásoknak. Az osztályon két beteget kellett felvennie, Fred a következőt javasolta:

– Bonnie, ne vizsgáljuk meg a második beteget, csak másoljuk be a régi záróját az előző megjelenéséből.

Úgy tűnt, Fred nem fél a saját árnyékától. Bonnie bólintott a javaslatra.

– Azt meséltem otthon, hogy öt órakor kezdődik a professzori vizit, azért érek haza mindig ilyen későn.

Bonnie hangosan felkuncogott. Nemhogy fogalmuk sincsen arról, hogy mikor van a professzori vizit, de volt egy nap, amikor szó szerint semmit sem dolgoztak. A mai nap után, amikor Fred bőre szinte mindenütt napsütötte barna, arca pedig piros volt, Bonnie-nak fogalma sem volt róla, hogy ezt hogyan magyarázza meg otthon. Délután a szőlőbe kellene mennie, ezt a szülei elvárták tőle mindennap, ő pedig nap nap után egyre később ért ki a telekre.

Bonnie-nak fájt a nyaka – elaludta az éjjel –, óvatosan mozgatni kezdte. Fred felajánlotta, hogy megmasszírozza, finoman mozdulatokkal átmasszírozta a lány nyakát. Fred érintései perzselték a lány testét, forróság járta át minden porcikáját.

Az előző este óta Fred láthatóan megkomolyodott: egyáltalán nem célzott többet a szexre. Lehet, hogy ezt a tanácsot Ann-től kapta? Nem céloz semmire, csak mélyen és áthatóan a szemembe néz – morfondírozott Bonnie. A lánynak tetszett a barna szempár, most, ahogy tüzetesebben is megnézte, felfedezett benne egy sötétebb barna vonalat, amit korábban nem látott. Közben Fred a lányt nézte.

– Ne nézz így rám! – kérlelte Fredet Bonnie. Úgy érezte, hogy elgyengül ettől a tekintettől. Fred élvezte a helyzetet és nevetett a lányon.

Ahogy később ismét a büfében üldögéltek egymással szemben, valahogy szóba került, hogy Bonnie mikor született, hol lakik, és mi az anyja neve.

Fred folyékonyan kezdte el mondani, kívülről fújta a lány személyes adatait.

– Április 26-án születtél – majd folytatta a lakcímével és az édesanyja nevével a felsorolást, hibátlanul.

– Honnan tudod ezeket? – döbbent le a lány.

– Hát a diákigazolványodból.

Kezdettől nyomozott a lány után. Ez egyrészről imponált Bonnie-nak, másrészt elrémítette.

Emlékezett, hogy az uszodába való belépéskor elő kellett venni a diákigazolványt és a fiú elkérte, hogy megnézze a fényképét. Ezek után Bonnie is ránézett a fiúéra.

– Te pedig november 16-án születtél Pécsett, másfél évvel vagy idősebb nálam.

Erre már Fred szeme is elkerekedett a csodálkozástól, majd nevetni kezdett: Bonnie is elolvasta a fiú diákigazolványában az adatokat. Skorpió a horoszkópja – jegyezte meg magában. Azelőtt sosem ismert Skorpió jegyű fiút, életének későbbi szakaszában viszont messziről kiszúrta a Skorpió férfiakat és ez volt az egyetlen csillagjegyű férfi, mely lángra tudta lobbantani a vágyait. Egy Skorpió férfi, és egy Bika nő. Veszélyes, de szenvedélyes párosítás, akkor még nem tudta. Viszont azt érezte, hogy kiegészítik egymást, a józan, határozott, céltudatos Bika, akinek most nyiladozik a világa saját a szexualitására, és a jelennek élő, kiszámíthatatlan Skorpió, akinek nagy szexuális étvágya lángra lobbantja majd a Bika elfojtott vágyait.

– Beszélj magadról! – kérlelte Fred, miközben ujjaival megérintette a lány száját, és végighúzta rajta tömzsi ujjait.

– Igazából nem tudok sok mindent mondani. Szeretek verseket írni.

Fred ezen egyáltalán nem döbbent meg, sőt úgy viselkedett, mintha ezt is tudta volna róla.

– Néha messzire akarnék rohanni innen – fejtegette Bonnie, s érezte, hogy a vesztébe rohan.

Majd taktikát változtatott, hátha lelépne Fred, mielőtt komolyra fordulna minden köztük.

– Nem vagyok túl unalmas? Olyan keveset beszélek.

– Egyáltalán nem – simított végig Fred a lány karján. – Ha zavarna, lelépnék angolosan.

– Tudod, hogy egy darabig együtt jártam Gabriellel? – vallott Bonnie. – Múlt este találkoztam vele és a barátnőjével a Király utcán.

Zavarba ejtő volt a találkozás, és elmesélte Frednek, hogy lett vége.

– Változott-e a véleményed? Még mindig rosszakat gondolsz rólam? – kérdezte Fred Bonnie-tól

– Nem ismerlek igazán, de nem hiszem, hogy rosszat kellene gondolnom rólad annak ellenére, amit mesélnek rólad.

Frednek tetszettek Bonnie spanyol dalai, amit nap mint nap hallgatott a kollégiumban. Bonnie pedig le akarta másoltatni Fred

Vanessa Mae-kazettáját. Fred hallotta, hogy Bonnie imádja Spanyolországot, időnként pár mondatot spanyolul beszél a spanyol diákokkal, mielőtt angolul folytatná velük a beszélgetést. Kész volt rá, hogy a következő évre megszervezzen egy spanyol utat a lánynak, s mindezt komolyan gondolta. Az egész délutánt ismételten a strandon töltötték, és Tiffany is velük volt. Fred azzal szórakozott, hogy a medence szélén ülő Bonnie-t bele-belerántotta a medencébe, majd elkapta, amikor süllyedni kezdett. Fred felajánlotta, hogy bekeni a hátát. Minden érintése kellemes volt, nem volt tolakodó. Bonnie arra gondolt, hogy mindig egy ilyen srácra vágyott, aki lesi a gondolatait, akit nem érdekel, ha néha rájön a bolondéria, aki mindig ott van vele. Fred a nyomában járt, és szinte csak a mosdóba ment nélküle.

Bonnie napszemüveget viselt a medencében, így Fred nem látta a szemét, ilyenkor gyakran kérdezgette:

– Mire gondolsz?

– Téged nézlek – felelte Bonnie.

– És mit gondolsz rólam?

– Semmi különöset – felelte Bonnie.

Az igazat megvallva Bonnie a szép barna szemét és a hosszú barna szempilláit nézte és gyönyörködött a fiúban, de persze ezt nem mondhatta el neki. A medencéből kilépve Fred jéghideg kezével végigsimította a lány hátát. Bonnie beleborzongott. Fred kérte, hogy a lány kenje be a hasát, de Bonnie kivárta pillanatot, amikor Fred elalszik. Akkor kezdett hozzá a művelethez, amikor erre nem számított a fiú. Fred csiklandósnak bizonyult.

Bonnie-nak délelőtt sikerült aláíratni az indexét. Kellő magabiztossággal Fredét is bevitte a professzori irodába, saját kézírásával kitöltötte a gyakorlat helyét és idejét, és Fred indexét is professzor keze alá csúsztatta. Bízott benne, hogy írása örökké benne lesz az indexében, és ez mindig emlékeztetni fogja Fredet az együtt töltött napokra.

– Nagyon szépen írsz – mondta Fred, amint látta Bonnie írását az indexében.

Fred is szépen írt, betűi neki is jobbra dőltek, ami a grafológia szerint mély érzelmeket tükröz. Az ilyen betűkkel író ember esetén hamarabb dönt az érzelem, mint az értelem. Annyiban különbözött a kettőjük írása, hogy Fred igazán apró betűkkel írt, ami inkább azt mutatta volna, hogy a fiú nem hisz önmagában, ezt viszont nem értette. Soha nem ismert magabiztosabb férfit nála. A „gy" betűi azonban nem hurkolódtak, ami önzőségre és a párkapcsolatban való aránytalanságra utaltak.

– Nem mondom meg otthon, hogy alá van írva az indexem. Mostantól oda megyünk, ahova akarunk. Majd kitalálok valamit. Merre menjünk?

– Orfűre szívesen elmennék – felelte csendesen Bonnie.

– Nem szeretem azokat a lányokat, akik sokat beszélnek – célzott Fred a lány halkszavúságára. – Ha kiválasztok egy lányt, akkor annak különlegesnek kell lennie: pl. kell, hogy valami megfogjon a szemében. – Egyenesen Bonnie szép kék szemébe nézett, amikor ezt mondta. – Nem szeretem a tökéletes szépséget. Megnézem magamnak, de barátnőnek nem kell.

– Miért? Félsz, hogy elszeretik tőled? – nézett fel Bonnie.

– Akkor rég megette a fene, lelépek – válaszolta Fred.

Bonnie mezítláb ment a fűben a büféig, és egy óvatlan pillanatban darázsba lépett. Felszisszent a fájdalomtól és átfutott az agyán, hogy mi lesz, ha allergiás a darázscsípésre és pont most fog meghalni.

– Nem szeretnék most meghalni, amikor olyan boldog vagyok.

– Boldog vagy? – mosolygott Fred. – Miért vagy boldog?

Bonnie nem felelt, de Fred érezte, hogy Bonnie kedveli őt.

Fred a délutáni beszélgetés során egy soproni biciklitúrát is emlegetett, amire feltétlenül el kellene mennie vele, majd a hétvégi pincebulira hívta, melyet családi körben tartanak majd az unokatesója szülinapjának apropóján, de Bonnie a hétvégét a szüleivel akarta tölteni, Kisapálytóra akart menni.

Később Andrew, Fred barátja is megjelent a standon. A közeli sörgyárban dolgozott, egy sarokra a strandtól. Vékony, magas, szemüveges, kissé gátlásos fiú volt, de nagyon rendes. Más értékrendet képviseltek Freddel – Andrew komoly és konzervatív volt –, Bonnie nem is értette, hogyan lehetnek barátok. Elképzelhető, hogy talán épp az ellentétek miatt. Fred szervezett meg mindig mindent, és Bonnie úgy gondolta, hogy Fred gyakran belevihette Andrew-t mindenféle őrültségbe. Általános iskolás koruk óta voltak barátok, osztálytársak voltak, ugyanabban az utcában is laktak.

Később Asiffal, a fiatal arab sebésszel is összefutottak a strandon, nagyon meglepődött, hogy munkaidőben ott látta őket.

– Hát ti? – kérdezte, és mosolygott.

Asif ott ült a medence szélén, Bonnie társalogni kezdett vele a vízből. Kedves, rendes fiúnak látszott, Bonnie többször beszélgetett már vele szakmai kérdésekről.

– Mióta dolgozol itt?

– Két éve végeztem a pécsi egyetemen, most itt dolgozom a sebészeten. Itt szeretnék dolgozni a szakvizsgáig, aztán hazamegyek majd.

– Mennyit keresel? – faggatta Bonnie.

– Nem kapok fizetést, ingyen dolgozom – felelte. Bonnie megdöbbent, hogy nem kap bért, pedig fiatal sebész lévén ő dolgozik a legtöbbet az osztályon. Most szerencséje van, hogy sokan vannak itt gyakorlaton, akik segítenek neki, talán egy kicsit fellélegezhet. Most látta először a strandon. Csodálkozott, vajon miből élhet. Biztosan a szülei támogatják.

Aztán felvetődött köztük a téma, hogy húsz év múlva újra kellene találkozni és akkor megbeszélnék, hogy kiből mi lett az életben. Fred magánklinikán látta magát, amint nőgyógyászként dolgozik, a Jókai téri elefántos házban képzelte el a rendelőjét, de nem szólt róla, hogy elképzeli-e, hogy mekkora családja lesz. Bonnie belgyógyászként látta magát egy állami kórházban, akit otthon család, gyerekek várnak. Asif úgy gondolta, addigra a saját hazájában fog élni, és kamatoztatja majd a pécsi sebészeten megszerzett tudását.

– Találkoznunk kellene húsz év múlva.

– Találkozni is fogunk – erősködött Fred

Fred és Bonnie az Alkotmány utcán kézen fogva mentek vissza a kocsihoz. Bonnie boldog volt, érezte, hogy ettől a perctől a fiúhoz tartozik. Pár fiú kifütyült a sörgyár ablakából.

– Tudod, hogy ez neked szólt? – kérdezte Fred.

– És nem zavar, hogy fütyülnek utánam?

– Miért zavarna? Büszke vagyok, hogy szép barátnőm van, és amíg csak nézik … – nevetett Fred.

A strandolás után kiautóztak a buszállomásra, hogy megnézzék, mikor indul a busz Orfűre. Bonnie Orfűre szeretett volna menni és szerette volna megszervezni, hogy a külföldi diákok is velük menjenek. Leparkoltak egy ház előtt.

– Tudod, hogy itt laknak Gabrielék? – kérdezte a fiú

– Milyen Gabrielék? – kérdezett vissza Bonnie. Fogalma sem volt, hogy Fred kiről beszél, de végül rájött, hogy a gyógyszerészhallgató fiúra gondol. Nem tudta, hogy hol lakott, bár a címe megvolt neki. Eszébe jutott, hogy Gabriel a legutóbbi találkozásukkor említette, hogy felköltöznek a hegyre, és ennek nagyon örült.

– Már nem laknak itt – felelte Bonnie.

– Nem azért parkoltam ide, mert itt lakik, csak véletlenül.

– Nem vinnél el az MTA-székházhoz? – kérdezte a lány.

– Örömmel, szállj be.

A fiú veszélyesen vezetett, Bonnie sikongatott, majd az épülettel szembeni meredek utcán, ferdén a hegyoldalban behúzta a kéziféket és megállt. (Akkor még nem voltak ott házak.) Bonnie ujjongva kiszállt, Fred utánaeredt. Bonnie már korábban egy útikönyvben elolvasta, hogy az MTA székházát, eredeti nevén Vasváry-villát egy gazdag kereskedő építette a Mecsekoldalban nyaralónak, és szerette volna személyesen is megnézni. A kertkapu nyitva volt, a fiú megkérte a kertészt, hogy besétálhassanak a kertbe. A kertben több Zsolnay-szobor, kerámia, kaspó volt, a ház falát angyalokat ábrázoló domborművek díszítették, a díszes lépcsősor előtt egy szökőkút állt. Bonnie csodálta azt a rengeteg szépséget, amit itt felhalmoztak a kertben, csinált néhány fényképet, majd megköszönte a kertésznek – aki éppen locsolt –, hogy bejöhettek. Szeretett volna itt eltölteni legalább egy napot. Erre életében később két alkalom is adódott: egy évvel később egy esti fogadáson járt itt, a tetőteraszról csodálhatta a város fényeit, majd pár évvel később az épületben kapott szobát, amikor a városban járt egy konferencián. Késő délután

Fred letette Bonnie-t a kollégium előtt, majd később még elsétált a postára, hogy vegyen néhány borítékot és bélyeget. Itt futott össze Tiffanyval, aki rögtön a köszönés után megjegyezte:

– Milyen kéjjel kente be Fred a strandon a hátadat! Szédítette a fejedet még délután is?

Bonnie nem válaszolt. Szerette a fiút, érezte, hogy napról napra szerelmesebb lesz belé, mindennap egyre közelebb érezte magához. Napi tíz-tizenhat órákat töltöttek együtt. Olyan volt, mintha hónapok óta járnának, felgyorsult az idő. Bonnie a szíve mélyén érezte, hogy nem maradt már sok idejük ...

Este tíz óra felé csengett a telefon a folyosón, egy lány vette fel, bekopogott Bonnie-hoz, hogy közölje, őt keresik. Nem tudta, ki lehet az. Fred volt. Azt mondta a telefonban, hogy mindjárt ott lesz érte és elviszi valahova. Nem kérdezte, hogy akar-e vele menni ...

– Hova megyünk? – kérdezte Bonnie.

– Meglepetés – hangzott a válasz.

Bonnie kisgyermek kora óta utálta a meglepetéseket. Mindenre fel akart készülni.

– De legalább azt mondd meg, hogy milyen ruhát vegyek fel! – A lány azt hitte, hogy vacsorázni mennek, és azon kezdett gondolkodni, melyik ruháját vegye fel az eseményre.

– Farmerben jó leszel! – hangzott a titokzatos válasz.

A lány felvette a testre tapadós, hímzett, világoskék farmerjét, mely úgy tapadt a testére, mintha ráfestették volna, és fehér pólót húzott. Fred feljött érte a szobájába.

Bonnie beült az autóba. Sötét, kanyargós utakon jártak, olyan helyeken vezetett az út, ahol még sosem járt. Hamarosan megérkeztek Fred egyik évfolyamtársához, aki a férjével lakott. Virágot vittek a lánynak, és az angolvizsgáról beszélgettek. A lány nem érezte jól magát, hirtelen csöppent bele a társaságba – melynek tagjait most látta először –, nem volt közös témájuk sem. Bonnie akkoriban még elég halk szavú lány volt, nem tudott bekapcsolódni az idegenekkel való beszélgetésbe. Fred is észrevette, hogy melléfogott ezzel a látogatással: Bonnie-ról lerítt, hogy inkább lenne bárhol másutt, mint itt. Éjfél volt, mire elbúcsúztak.

– Van egy másik meglepetésem, most oda megyünk – mondta Fred.

A lány a sötétben sokáig nem ismerte fel, merre jártak. Megérkeztek Fred lakása elé. Szóval ezért nem akarta elmondani, hogy hova megyünk – gondolta Bonnie. – Tudta, hogy nem jöttem volna el vele, ha megmondta volna, hogy ide akar hozni. Erőt vett magán: nem mutathatja, hogy kellemetlen ez a helyzet, amibe került, magabiztosnak kell lennie.

A fiú, ahelyett, hogy a nappaliban ültette volna le, kínálta volna hellyel a kanapén, egyenesen a hálószobába ment. Leültek az ágy szélére. Fred megmutogatta a kedvenc könyveit, megkínálta narancslével. Bonnie felvett egy lapot az íróasztalról és Fred írását figyelte: szép, apró betűk. A lány tanult egy kis grafológiát és máris elemezni kezdte: betűi kivétel nélkül jobbra dőltek, ugyanúgy, mint Bonnie-é. Biztos volt benne, hogy a hasonlóságot a kettejük írásképe között Fred már korábban észrevette.

– Inkább érzelmes típus, vagy az eszeddel gondolkodsz?

– Inkább érzelmes – hangzott a válasz, amit az írásból Bonnie már rég kiolvasott –, de megpróbálom kontroll alatt tartani őket.

Kb. egy óra hosszat beszélgettek, mikor a fiú megszólalt:

– Maradj itt éjszakára.

– Nem – állt fel Bonnie az ágy széléről, és egyenesen az ajtó felé vette az irányt. Mit képzel róla ez a fiú? Könnyűvérű nőcskének látja? Hogy is kerülhetett ebbe a helyzetbe? Nem kellett volna egyáltalán feljönnie ide vele.

A lány nyomatékkal kérte, hogy vigye haza. Beültek a kocsiba.

– Miért nem bízol meg bennem és az emberekben? – kérdezte. – Ott voltunk egyedül a lakásomon, bármit csinálhattam volna veled, de nem tettem.

– Látod, éppen ezért bíztam benned.

Bonnie témát váltott:

– Miért nem adod ki a lakást, ha úgysem laksz benne?

– A múlt évben itt lakott a barátnőm, aztán összevesztünk …

Bonnie úgy gondolta, hogy utálná, ha ő lenne az új bélyeg a gyűjteményben …

Csendben ültek egymás mellett az autóban. Fred a kollégium fele tartott, hogy hazavigye a lányt.

– Nem válaszoltál a délutáni kérésemre.

– Melyik kérdésedre? – kérdezte elmerengve a lány.

– Hova szeretnéd kapni?

Beszéltek erről délután, talán fogadhattak valamiben, Bonnie erre már nem emlékezett tisztán. A lány minél előbb szabadulni akart ebből a kellemetlen helyzetből.

– Jó éjt! – mondta, és próbált kiszállni a kocsiból a kollégium előtt.

– Nem tudnék elaludni jó éjt puszi nélkül.

Bonnie visszalépett, és megpuszilta Fred arcát.

A következő pillanatban a lány már csak azt érzete, hogy a fiú ajkai megérintik az övét, finoman, gyengéden. Fred nyelve Bonnie fogai között mozgott puhán, ahogy a fiú próbált minél beljebb hatolni a szájába. Bonnie úgy érezte, lebegni kezd ég és föld között, olyan érzések kerítették hatalmába, amit még sosem érzett. Minden porcikája reszketett a vágytól, megszűnt körülötte a világ. Eszébe jutott, hogy vissza kellene csókolni a fiút, így utánozni kezdte annak gyengéd mozdulatait: ajkával megérintette Fred ajkait, nyelvét mozgatta a fiú szájában. Szégyellte volna, ha Fred megérzi, hogy életében most csókolózik először.

– Jó éjt! – lehelte újra a lány, és mosolyogva kiszállt az autóból.

Felcsengette az éjjeli portást, aki fáradtan ajtót nyitott neki.

– Elnézést a késői jövetelért, külföldi diákokkal voltunk együtt – hazudta Bonnie.

Bonnie felment a szobájába, lefeküdt az ágyára, újra és újra lejátszotta magában a szenvedélyes csókot. Teste még most is remegett a vágytól, nedves volt a fehérneműje, bőrén érezte a fiú illatát. Soha nem érzett új érzések kavarogtak benne. Szóval, ez volt az első csók ... Érezte, hogy ezentúl ebből még többet és többet akar majd. Nem tudta, hogy mit mond majd a fiúnak másnap. Boldog volt, az adrenalin, mint egy kábítószer, szerteáradt az erek szövevényes hálózatán, nem bírt aludni.

Csak egy dallam járt a fejében: „*I could have dance all night … and still have begged for more. I'll never know what made it so exciting … Why all at once my heart took flight …*"

A dal a My fair ladyből. Kettő óra van – nézett fel –, már csak négy és fél óra van reggelig. Nehezen aludt el, és közben Fredre gondolt.

Tizenharmadik fejezet

Bonnie munkába menet a buszon ülve azon izgult, vajon mi lesz majd Fred első kérdése vagy mondata, amikor ma először meglátja, és szóba kerül-e az előző napi csók. Ízét még mindig a szájában érezte, vágyott az újabb csókokra, de játszania kellett a megközelíthetetlent, hiszen így nevelték. Szerencsére nem került szóba köztük az előző éjjel mámoros csókja. A lány épp a lépcsőn tartott lefele, amikor Fred megállította, s megállt vele szemben az alatta lévő lépcsőn. Bonnie nyakához hajolt, és gyengéden megcsókolta. Bonnie érezte, ahogy végigfut a testén a vágy. (Még most is ez a legérzékenyebb erogén zónája, a nyaka.) Beszálltak a liftbe, Fred ajkaival ismételten megérintette Bonnie ajkait. A lány becsukta a szemét és érezte, hogy lebegni kezd ismét ég és föld között, ahogy előtte való este. Közel érezte magához a fiú testét. A délelőtt folyamán Bonnie-nak és Frednek is mennie kellett egy-egy műtőbe asszisztálni, találkoztak a műtő előtt, amikor vége volt az operációnak, és együtt fogyasztották el kései reggelijüket a büfében. Fred a lány kék szemét nézte, amikor finoman, de határozottan megérintette a combját és simogatni kezdte. Bonnie szerette a határozott érintést.

Három beteget vettek fel együtt a műtét után, majd egy órakor gyalog indultak el a buszállomásra, ahol a két francia fiú – Arnold és Philip –, valamint Tiffany és Andrew már várta őket. A busz fél kettőkor indult Orfűre. A buszon beszélgettek a diákokkal.

Leszálláskor a fiú finoman megfogta a kezét, hogy a légies mozdulatokkal leszálló lány el ne essen. Az egész jelenet olyan volt, mintha Bonnie fantáziaregényéből lépett volna elő a főhős, olyan gyengéden tartotta, mint ahogy a tollpihét a szellő. Ült a tó partján és nem hitte el, hogy övé a világ … A tóba görnyedt fűzfaágak nyúltak, a szél hűsen meg-megsimogatta meztelen vállát. Pár vadkacsa úszott a vízen. A bárányfelhők vattacukorként habosodtak az égen. Leült a földre terített strandtörülközőre. Szívében nem volt többé csend, nem csak a tájat látta – ami most békésen átölelte –, nem csak a tó selymes hullámainak halk csobbanását hallotta. Hasra feküdt, kinyújtotta hosszú, karcsú lábát, felkönyökölt. Érezte a fiú testének melegét, ahogy leül melléje. Szerelmes volt belé. Fred otthonosan kutatott Bonnie hátizsákjában – a naptejet kereste. A lány eddig a természet szeretője volt, együtt dobbant szíve a földdel, együtt lélegzett a széllel, futott a homokkal, égett a nappal, együtt létezett a fákkal. Elméjét tágra nyitotta. Nemsokára a fiú szeretője lesz – gondolta, amikor érezte, hogy Fred puha tenyere végigsiklik a hátán és szétsimítja a felhevült naptejet a bőrén. Finom mozdulatokkal haladt a popsija és a combja irányába, majd dolga végeztével belecsókolt a lány nyakába. Bonnie felnézett a fiúra, majd egy hirtelen mozdulattal a hátára gurult, hogy visszaadhassa a csókot a fiúnak. Átölelte a nyakát és magához húzta. Fred finom mozdulatokkal kente tovább a naptejet a mellkasán, hasán, időnként szünetet tartott és csókolta. Nem zavarta őket, hogy társaságban vannak, a két francia fiú, Andrew és Tiffany mellettük beszélgettek a fűben. A lány kivette a naptejet a fiú kezéből. Fred önkéntelenül, mint egy kiskutya, a hátára feküdt, a hasát mutatta, Bonnie pedig finom mozdulatokkal kenni kezdte. Tudta, hogy Fred csiklandós, de élvezte, hogy érintésével ő is különböző érzeteket tud csiholni a fiúból. Egy darabig így feküdtek egymás mellett, ölelkezve … Nemsokára Tiffany szólalt meg:

– Nincs kedvetek vízibicikliznı?

Mindenkinek volt kedve, így két vízibiciklit béreltek ki egy órára. Bonnie az egyik francia fiú, Arnold mellé került, majd Fred is csatlakozott. A két fiú tekerte a pedált és irányított, a lánynak csak annyi feladata volt, hogy élvezze a társaságukat, átadja testét az édes napfénynek, miközben Fred bevizezte a hátát és a vállait, hogy ne legyen annyira melege és le ne égjen. Fred szokásához híven jobb kezét most is a lány bal combján pihentette. Tiffany lefényképezte őket a másik vízibicikliről. Éhesek lettek, ketten ettek egy lángost, Bonnie falatonként etette a fiút, ő pedig felajánlotta a lánynak, hogy ihat a söréből. Bonnie ivott pár kortyot – keserű volt, de élvezte az ízét. Amikor megunták a strandolást, felkerekedtek és megnézték a falut. Fred cipelte mindvégig a hátizsákot, fogta Bonnie kezét. Tiffany ajánlotta, hogy mindenki cseréljen címet mindenkivel. (Fél év múlva derült ki egy levélből, amit a francia fiú, Arnold írt a lánynak, hogy szerelmes volt Bonnie-ba, de nem volt esélye próbálkozni Fred miatt.) Hat fele indulniuk kellett, a strand zárt. Kézen fogva, majd egymást átölelve haladtak együtt a társasággal a főút mentén. Megtalálták Hermann Ottó szobrát. Később találtak egy másik tavat, leültek a mólóra, és mit sem törődve a társasággal ismételten csókolózni kezdtek. Bonnie ahhoz tudta hasonlítani Fred száját, amikor ül a tengerparton és a hullámok hirtelen felcsapódnak az ember arcára, sós íze lesz a szádnak, meleg van, de a sós víz mégis hűt. Fred forró csókja hűtötte a lány ajkait.

Sokat kellett várniuk a buszra, de közben egymást átölelve tartották, miközben Bonnie lebegni kezdett a föld felett, az ég alatt, hallotta saját szívverését, ahogy zakatol. Felszálltak a buszra, a fiú gyengéd mozdulattal húzta a lányt a maga melletti székre. Bonnie fáradt volt és boldog, fejét Fred erős vállán pihentette, szemét becsukta, miközben a fiú a lány kezét fogta és a combján pihentette. A lány szívét jóleső melegség járta át: Fredhez tartozott most már örökre. Este kilenc volt, mire a busz befutott az állomásra. Andrew, Bonnie és Fred visszasétáltak a klinikakertbe, mert ott maradt a sárga Trabant. Andrew a hátsó ülésre ült, Bonnie pedig Fred mellé. Amikor megérkeztek a kollégium elé, Fred kiszállt az autóból, kivette a hátizsákot a csomagtartóból és odaadta a lánynak, miközben szorosan magához húzta, gyengéden megölelte, majd gyengéden háromszor megcsókolta. Fred két csók között suttogott a lánynak, ránézett, szemtelenül belenézett a kék szemébe és halkan, úgy, hogy csak ők ketten hallják, azt duruzsolta:
– Összeszeded a fogkefédet, meg ami kell, és ma nálam alszol ...
– Nem – felelte emelt hangon Bonnie.
– Miért? El tudod magyarázni részletesen, miért nem?
– Nem tudom ... Ne vezess gyorsan! – tette hozzá a lány, miközben ajkával megérintette Fred szép arcát. – Jó éjt! – mond-

ta, majd sarkon fordult és bement a kollégium épületébe. Bonnie érezte, hogy hosszasan néz utána.

Ahogy Bonnie a lépcsőket rótta, érezte, hogy boldog, még sosem érzett ehhez hasonlót, meg tudta volna váltani az egész világot. Kívánta a fiú testét, a gyengéd csókjait. Tudta, hogy sosem lenne vele erőszakos fizikai értelemben. Úgy érezte, hogy elérkezett az idő, hogy megtörténjen, de belülről mégis valami visszatartotta. A lány érezte, ha ez nem történik meg kettőjük között, akkor egész életében hibáztatni fogja magát majd ezért. Érezte a szenvedélyt, ami lassan szétfeszítette a mellkasát és tudta, hogy Fred is hasonlóan érez.

Ez másnap ki is derült, amikor Fred elmesélte, hogy hajnali négyig nem bírt elaludni, olvasnia kellett … Szerencsére Bonnie-nak mindig nagyon jó alvókája volt: bárhova letette a fejét, pár perc múlva már aludt.

Tizennegyedik fejezet

Reggel Fred egy lassan kihűlő csókot hagyott Bonnie arcán, mielőtt elment, hogy bemosakodjon egy műtéthez. A lány kinn téblábolt az osztályon, és érezte a lassan kihűlni a csók nyomát az ajkán.

– Csak egy bajom van, hogy olyan meleg van kinn – panaszkodott a fiú, amikor visszajött.

– Nekem az a legnagyobb problémám, hogy nagyon hiányoztál, amíg benn voltál a műtőben.

– Hogy fér össze ez a természeted a híres megfontoltságoddal? – ugratta a lányt.

Bonnie csak arra tudott gondolni, hogy ennek a kapcsolatnak nincs jövője, hidat ver közéjük a távolság. Fred sosem gondolt a jövőre, a lányt minden percben ez kínozta. Dühös lett a fiúra, és utálatosan kezdett vele viselkedni.

Angol könyvet szerettek volna venni, és ahogy mentek kézen fogva az utcán, Bonnie-nak feltűnt, hogy sokan köszönnek rájuk. Az járt a fejében, hogy vajon ezek közül kik lehettek Fred előző barátnői. Visszafelé leültek a klinikakertbe beszélgetni. Bonnie szomorú volt, alig szólt pár szót a fiúhoz. Felvették az utolsó aznapi beteget és az öltözőbe mentek.

– Mindig csak akkor csókolsz és simogatsz meg, amikor te akarod. Van, hogy nem is figyelsz rám! – duzzogott a lány.

Fred nem szólt, szemtelenül nézett vissza Bonnie-ra.

Buszra szálltak, hogy eljussanak a Vásárcsarnokig, ahol a sárga Trabant parkolt.

Fred nagymamája körtét árult a piacon, és Frednek a ládákat kellett begyűjtenie, hogy ne a néninek kelljen buszon hazavinnie.

– Kezét csókolom! – köszönt Bonnie.

– Ő itt a barátnőm – mutatta be a lányt a nagymamának. – Egy óra hossza múlva itt leszünk a ládákért.

Nem tudja, miért, de Bonnie-nak a saját nagymamája jutott eszébe, és nem tetszett neki a hangsúly, ahogy ez a fiú beszélt a nagymamájával.

– Miért beszéltél gorombán vele? – kérdezte a lány. Bonnie azt érezte, hogy a nagymama önkéntelenül is belecsöppent ebbe a kellemetlen helyzetbe, hogy most az ő ládáit kell Frednek elvinni, miközben azt tervezte, hogy a lánnyal tölti a délutánt.

A Vásárcsarnokkal szemben, a nagy épület mögötti játszótér egyik padján ültek le, őszintén beszélgetni kezdtek. Fred Bonnie ölében pihent, a lány simogatta az arcát, a haját, és a kis borostát az arcán, amit azon a reggelen Fred elfelejtett leborotválni.

– Tizenhat voltam, amikor meghalt a nagymamán. A világon ő szeretett a legjobban, és én őt szerettem a legjobban. A mennyországból figyel rám. Gyakorlatilag ő nevelt fel, a szüleim állandóan dolgoztak. Szoktam járni hozzá a temetőbe ...

– Utálom a temetőket. Csak a jelen számít, a múlt és a jövő nem fontos.

Bonnie megrázkódott. Tudta, hogy a múlt a részünk, ápolnunk kell az emlékeinket, mindennap friss vízzel kell locsolni, mint a virágot, hogy ne száradjon el, és hogy életben tartsuk őket. A jelen pillanatnyi állapot, amit ki kell élvezni, de a szemével mindig a távoli jövőt fürkészte, hogy minden lépéssel közelebb kerüljön álmai megvalósításához ...

– Képzeld, apámnak volt egy hóbortja, kitalálta, hogy családfa-kutatást csinál. Végigjártunk vele sok temetőt, elegem lett belőle ... Szeretném, ha több önállóságot kapnék, és ha nem lenne velem olyan szigorú. Apám 57 éves, anyám 48, ő igazi társasági ember. Utálom, amikor kérdezgetnek, hogy hol voltam.

Összeszedték a ládákat, és fél 3-kor Fred elvitte a lányt a kollégiumba.

– Szomjas vagyok, tudsz valamit inni adni? – kérdezte a fiú.

– Persze, van a szobában narancslé.

Abban a pillanatban, amikor a lány a narancslével teli poharat átnyújtotta a fiúnak, mélyen a szemébe nézett, szeme csordultig telt könnyel.

– Mi a baj?

– Soha többet nem foglak látni.

– Na és mi van a jövő héttel? Ja, és augusztus 23-án megyünk a Balatonra.

Fred simogatni kezdte Bonnie combjait, kezei a bő, apró virágos, rövid nyári ruha alatt egyre feljebb és feljebb vándoroltak, már a lány hasát kezdte simogatni.

– Mi az akadály? – kérdezte Fred, és a szexre célzott, míg Bonnie a szép barna szempárt nézte. A lány érezte, hogy kezdi elveszteni az egyensúlyt, és megfogta a fiú kezét. Nem merte elmondani neki, hogy mi az akadály.

– Kiviszel az állomásra? – kérdezte Bonnie a fiút. Péntek lévén Kisapálytóra utazott.

Az állomáson egy gyengéd csókot lehelt a lány ajkára, de ezúttal nem várta meg vele a vonatot. A lány félóra múlva tudott csak vonatra szállni. Bonnie sokáig hallotta a mondatokat a fülében, amit búcsúzóul mondott neki a fiú:

– Hogy bírom két napig nélküled?

– Ahogy én, nehezen – felelte a lány.

Tizenötödik fejezet

Hétfő reggel a referáló után Fred és Bonnie egyenesen a büféteraszra mentek. A szél meg- meglebbentette a fák leveleit, fülledt nyári meleg volt. Kettesben voltak, nem volt körülöttük egy lélek sem. Fred megcsókolta Bonnie nyakát, a lány pedig halkan felnyögött, azután a lány édes ajkát kereste ajkával. Csókban forrtak össze. Fred lefeküdt az összetolt székekre, fejét Bonnie ölébe hajtotta. Hosszú percekig maradtak így, megfeledkezve a külvilágról, nem érdekelte őket a múlt vagy a jövő, csak a jelen pillanatnak éltek. Bonnie végigsimította ujjait a rövid barna hajon. Szerették egymást és összetartoztak abban a pillanatban, nem tántorította el őket egymástól kétely vagy az idő múlása, hittek a másikban és a szerelem felemelő erejében.

A délelőtt folyamán három beteget vizsgáltak meg. Bonnie nem emlékezett, hogy került át végül is a másik szárnyra Fred mellé, hogy hagyta el a saját osztályát, de már napok óta a fiúval együtt dolgozott.

Reggel kettesben levíziteltek, majd az egyik nőbeteg kérte Fredet, hogy maradjon egy pár szóra. Bonnie nem értette, hogy mit szeretne mondani a beteg, de pár perc múlva mindent értett, amikor Fred tajtékozva rohant ki a kórteremből:

– Mit képzel ez a nő? Tudod, mit mondott? Hogy van egy unokája, akinek pont ilyen fiút képzelt el, mint amilyen én vagyok. Rá akart tukmálni az unokájára. Nekem kell választani, de megmondtam, hogy veled járok! – és lassan megnyugodott, amint elmesélte a történetet.

Az első közös betegük egy neurológus kolléganő volt, aki ragaszkodott hozzá, hogy Bonnie végezze el a vizsgálatot, megkérte hát Fredet, hogy kinn várjon a folyosón. Csak a lábát engedte megvizsgálni, és kérte Bonnie-t, hogy negatívnak írja le a státuszát, és hagyja további belgyógyászati vizsgálat nélkül elmenni.

Dolguk végeztével becsukták az ajtót és hosszasan csókolóztak, majd rövid szünet után abbahagyták.

– Fred, ne itt – suttogta Bonnie vágyai hevében –, bárki bejöhet.

– Rendben, akkor menjünk át az öltözőbe! – indítványozta Fred.

Folytatták a csókolózást az öltözőben, majd, amikor megunták, Fred azt mondta:

– Menjünk be a vizsgálóba játszani.

Bonnie a számítógépes játékra gondolt, s ment Fred után. Amikor beértek, Fred becsukta az ajtót

– Mondtam egy szóval is, hogy számítógépes játékot akarok játszani? – nevetett a fiú a lányra, és újra csókolni kezdte.

– Fred, menjünk a strandra! – kérlelte Bonnie.

Fred terelte a témát és ragaszkodott hozzá, hogy fél háromig benn legyenek az osztályon. Bonnie újra és újra kérlelte, hogy induljanak már, de a fiú hajthatatlan volt.

– Mi történt? Miért nem akarsz jönni? Mondd el!

– Hagyjál!

– Na, de mi történt?

– Jó, akkor elmondom: az apám összekevert valamit. Pénteken pincebuli volt nálunk, ott voltak az intézetvezető professzorok, köztük a sebész professzor is. Kiderült, hogy a professzori vizit fél háromkor kezdődik és nem fél ötkor, és hogy sohasem vettem részt a viziten – nyögte ki Fred.

Bonnie nem értette, hogy mi ezzel a baj, de érezte, hogy a fiú tart az apja haragjától.

Tovább évődtek egymással, Fred beleharapott a lány nyakába, Bonnie pedig egy váratlan pillanatban fenékbe rúgta Fredet. Bonnie kihasználta, hogy tudta, csiklandós a fiú, megvárta, míg nem figyel oda, majd csiklandozni kezdte.

Ezen mindketten nevettek; olyanok voltak, mint két csintalan, jókedvű, gondtalan gyerek. Három óra felé elindultak hazafelé az autóval.

– Vigyél el egy boltba, légy szíves! Vacsorát kell vennem.

– Most nem megy, Bonnie – szabadkozott Fred –, másfél óra múlva a telken kell lennem – felelte.

Fred felkísérte a lányt a szobájába, kényelmesen elhelyezkedett az ágyán, lefeküdt rá, lábait jólesően kinyújtotta és Bonnie-t figyelte, ahogy a barátnőjétől kapott rózsaszín borítékot felbontja és olvasni kezdi. Az Új Hungária zenéje szólt a magnóból, Fred semmi új stílust nem tudott felfedezni ezen a lemezen, véleménye szerint teljesen hasonlóak voltak a számok a korábbiakhoz, de kedvelte a régi dalaikat. Bonnie, miután elolvasta barátnője levelét, odahúzott egy széket az ágy mellé, amin Fred feküdt, és magyarázni kezdte Frednek:

– Ő a legjobb barátnőm gimis korom óta, Carolnak hívják. Minden titkunkat megosztjuk egymással, amióta itt vagyok, mindennap ír nekem és én is írok neki. Most angolul levelezünk. Biológus lesz majd, ha végez az egyetemen. Ősztől Bristolban fog tanulni egy évet ösztöndíjjal. Már most is hiányzik, pedig még el sem ment. Hogy bírom ki egy évig nélküle?

Fred figyelt ugyan Bonnie szavaira, de leginkább a formás száját nézte, amivel beszélt, közben egyre csak arra gondolt, hogy közelebb megy hozzá és megcsókolja.

– Miért nem mész még messzebb tőlem? Miért nem mész át egyenesen a szemközti ágyra? – jegyezte meg gúnyosan. Felült fekvő helyzetéből, megfogta Bonnie kezét és az ágyra húzta, maga mellé, ahol ő feküdt. Csókolni kezdte a száját, az arcát, a nyakát, a fülét, simogatta, ahol érte.

Bonnie fülében megszólalt a vészcsengő:

– Neked csak erre vagyok jó, igaz? – kérdezte vészjósló hangon.

– Természetesen nem – nézett a lányra szomorúan, kissé dühösen. Bonnie azt gondolta, mindjárt elmegy, de meggondolta magát és ott maradt vele. Felült, szomorúan a lány szemébe nézett, de egy szót sem szólt.

Bonnie törte meg a csendet, miután megsimogatta a fiú hátát.

– Minden nő ilyen könnyen a karjaidba omlik?

A fiú nem válaszolt, így Bonnie újra feltette a kérdést.

– Őszintén válaszolj! – kérlelte.

– Nem, de nem is űzök sportot belőle.

Ismét csend lett, Bonnie érezte a hársfaillatot, amit a szellő fújt be az imént.

– Vedd le a ruhád, megmasszírozlak! – feszegette tovább a határokat a fiú.

– Nem.

– Miért nem bízol bennem?

– Tudod, hogy bízom.

Bonnie, mint aki hipnózis alá került, engedelmeskedett a fiúnak. Levette sötétkék virágos nyári ruháját, majd hasra feküdt az ágyon, amin korábban a fiú feküdt hanyatt. A fiú egy könnyed mozdulattal kikapcsolta a melltartóját, és csak a sárga-fekete pöttyös bugyi maradt rajta. Fred masszírozni kezdte a hátát erősen, mégis gyengéden. Finom mozdulatokkal haladt a testen, combjait simogatta, de nem volt erőszakos, intim részeit messziről kikerülte. A lány testét újra elöntötte a vágy, ahogy a fiú ujjai lágyan zongoráztak a forró, napbarnított bőrén.

– Szemtelenül barna kezdesz lenni hozzám képest … – suttogta. – Csak az fog történni, amit te is akarsz – mondogatta Fred, mintha egy mantrát ismételgetne. – A múlt héten, amikor feljöttél a lakásomra, látnod kellett volna magad, hogy milyen idegesnek tűntél. Miért izgulsz, hiszen jól ismersz már – kérdezte.

Bonnie felült, kérte Fredet, hogy kapcsolja be a melltartóját, visszavette a kék virágos nyári ruháját. Ott ült az ágyon, hátát a falhoz támasztotta, lábait felhúzta, és csak nézett maga elé. Fred a lány ölébe hajtotta a fejét, onnan nézett fel őzikebarna szemeivel Bonnie-ra. Bonnie a haját cirógatta, és egyenesen a fiú szemébe nézett:

– Nem akarlak elveszíteni – suttogta Bonnie elszoruló torokkal. – Jövő héten biciklitúrára mész, és szép lányokat látsz majd.

– Nincs abban semmi, ha csak nézem őket … De itt vár ránk az augusztus 23-ai balatoni út, előtte meglátogatlak Szegeden.

Bonnie ugyanúgy maga elé nézett, majd felemelte fejét és merengve kinézett az ablakon.

– Miért vagy ilyen? Miért gondolsz meg mindent százszor? Látom a szemedben, amikor a döntéseidet magadban megvitatod, csak úgy jönnek és mennek és csatáznak benned a gondolataid.

Bonnie nem válaszolt.

– Szerelmes vagy, vagy csak kedvelsz? – kérdezte. – Egyáltalán megválaszoltad már magadnak? Tudod mit? Ne válaszolj, csak nézz a szemembe! – húzta közelebb a fiú.

Bonnie nem válaszolt, szomorúan a fiú szemébe nézett, mélyen, szenvedélyesen. Fred még mindig Bonnie ölében feküdt és a lányt nézte, amikor megkérdezte:

– Ki gázolt át a te lelkivilágodon ennyire?

Bonnie hülyeségnek tartotta a kérdést, hiszen minden Fred miatt fordult a feje tetejére, csak ő maga nem volt ezzel tisztában.

– Te – lehelte a lány. Néma csend lett, egy gyenge fuvallat lengett át a szobán. – Kérdezhetsz, ha akarsz – próbálta titkait feltárni Bonnie, miközben érezte a háta mögött a hideg, kemény lambériát, s nem tudta, hogy fogalmazza meg, amit percek óta próbált elmondani a fiúnak. Bonnie szomorú volt, majdnem sírt, Fred pedig kérdően nézett rá barna szemeivel.

– Ne nézz így rám, akkor nem tudom elmondani – mondta Bonnie, és úgy érezte, a sírás kezdi fojtogatni a torkát. Tudta, nem várhat tovább a magyarázattal.

Fredre nézett, és amilyen gyorsan csak tudta, egy szuszra kimondta:

– Szűz vagyok. Gondoltad?

– Igen, volt rá egy tippem.

A fiú le nem vette a szemét a lányról.

– Most mit nézel?

– Még mindig a szemeidet …

Fred ugyanúgy nézett rá, le nem vette szemét Bonnie-ról, majd halkan suttogni kezdett:

– Ez csak egy állapot, de gyönyörű élmény is lehet, ha akarod. Gondolom, máshogy képzelted el, hogy elveszíted a szüzességedet. Ha szerencsés leszel, lesz egy klassz férjed, ha még szerencsésebb leszel, szexuálisan is megértitek majd egymást, de ha nem, el lesz rontva az életed. Jó, ha van az embernek tapasztalata. Tudom, hogy elképzelted már velem és én is elképzeltem veled. Szerencsés vagy, hogy megtaláltál engem: vigyázni fogok rád, és azt teszem majd, ami neked a legjobb. Ha olyan fiúval hozott volna össze a sors, aki nem törődne veled, az kihatna a későbbi szexuális életedre.

– Nem tudom megtenni – szakította félbe Bonnie –, hisz' soha többé nem foglak látni.

– Lazíts, ne gondold át újra, azt tedd, amit igazából akarsz. A házasságban is jó kezdeményezőnek lenni, különben unalmassá válik a kapcsolat. Nem mondom, hogy feküdj le mindenkivel, csak légy egy kicsit közvetlenebb. Miért nem akarod, hogy lássák az érzéseidet? Ez nagyon rossz szokás, párkapcsolatban és barátságban is.

Bonnie úgy hallotta ezeket a szavakat, mintha egy medence alján lenne, valahonnan messziről, Fred pedig csak mondta és mondta, és Bonnie tudta, hogy minden szava igaz. A lány ránézett a fiúra, egyenesen a szemébe, és kiállta pislogás nélkül, amíg nézett rá.

– Miért nézel így rám?

– A szemeidet nézem – felelte Bonnie.

– És?

– Szeretem őket.

– Én nem kedvelem különösebben, amikor a tükörbe nézek ...
Pár perc után folytatta:

– Megtehetsz bármit, amit csak akarsz, azt tedd, ami jó neked, legyél egy kicsit önző!

Fred forrón megcsókolta a lány száját, Bonnie visszacsókolta.

– Csókolj meg bárhol! – mondta a lánynak, de Bonnie más testrészén nem csókolta meg a fiút, ahogy szerette volna, csak a száján. – Hát nem irigyellek ezért az éjszakáért, ami előtted áll ...

Bonnie egy darabig nem szólt, majd mikor érezte, hogy a fiú menni készül, halkan megjegyezte:

– Hiányozni fogsz.

Fred ismételten megcsókolta.

– Öt óra van, mennem kell. – Felállt Bonnie mellől az ágyról és az ajtóhoz lépett. –Permeteznem kell a szőlőben. Jó éjszakát! – mondta lánynak nyomatékkal. – Nem akarsz lekísérni a kocsihoz?

– Szerintem jobb, ha most itt maradok – felelte a lány halkan.

Fred célzott rá, hogy ma este már nem jön vissza hozzá; ráhagyja a döntést, időt akart adni a lánynak, hogy gondolkozzon. Bonnie úgy érezte, itt hagyta egyedül szenvedni. Milyen vicces ez az élet ... életemben most először vagyok szerelmes igazán – morfondírozott a lány. – Akarom a testét, felizgat, kíván engem, és még sincs bátorságom megtenni. Itt vagyok Pécsen, a kedvenc városomban, közel a földi paradicsomhoz, ahogy *Belinda Carlisle* énekli: „*Ooh, heaven is a place on Earth*". Szerelmes vagyok az egész világba, hajnalig szeretnék táncolni a boldogságtól … Semmi vagyok itt a Földön, pedig valaki vagyok, mégis vannak fontosabb dolgok is a világon a szüzességemnél. 22 éves vagyok … Biztos vagyok benne, hogy senki sem fog úgy vigyázni rám, mint ő majd azon az éjjelen, amikor megtörténik.

Egész éjjel ilyen és ehhez hasonló gondolatok jártak a fejében, míg nagy nehezen elaludt …

Tizenhatodik fejezet

Másnap Annikával találkoztak a folyosón. Csinált róluk egy fotót, ahogy a sebészeti szárny üvegajtaja előtt állnak, egymás mellett, majd elbúcsúzott, mert a nőgyógyászatra kellett mennie további gyakorlatra. Bonnie elkérte a címét és kérte, hogy írjon, amint csak lehetséges.

Az aznapi referálón Frednek kellett előadni a beteg kórtörténetét. Annak ellenére, hogy a fiú mindig nagy vagánynak mutatkozott, ebben a helyzetben zavarban volt a nagyközönség előtt: Bonnie észrevette, hogy felolvasás közben rázza a lábait. Aznap két új hallgató, egy fiú és egy lány érkezett a debreceni egyetemről. Bonnie és Fred felajánlotta nekik, hogy nyugodtan bemehetnek a műtőbe (helyettük). Fura volt, amint Fred magyarázott a mindennapi feladatokról meg a műtőről, és arról, hogy hol kaphatnak köpenyt. A fiú megszólalt:

– Te valami főnökféle vagy itt?

Ezen nevettek, majd Bonnie többször említette a nap folyamán Frednek, hogy ne feledje, ő a főnök.

A reggeli, már-már szokásos referáló után Fred és Bonnie a szokásos reggelijüket ették a tetőtéri teraszon. Azután a sárga Trabantot kellett szervizbe vinni, mert lejárt a zöldkártyája. Megmérték az autó CO_2-kibocsájtását, kitöltötték a papírokat, majd Fred szüleinek a fehér Trabantjáért is elmentek, és otthon hagyták Fred sárga Trabantját. Itt is CO_2-kibocsátást mértek a szervizben. Amíg az autókat vizsgálták, hosszasan csókolóztak. Azután elmentek a kertvárosi postahivatalba, hogy Bonnie pénzt vegyen ki a számlájáról. Visszafele a klinikakerten mentek át, mikor a fiú megkérdezte:

– Milyen érzés csinos lánynak lenni? – ugratta Fred a lányt.

– Semmi különös – felelete Bonnie.

– Pedig mindenki téged néz az utcán.

– És ez zavar téged?

– Nem, nem igazán.

Bonnie dühös lett a fiúra, és azt mondta:

– Jobb lenne, ha érdekelne, hogy megnéznek az utcán, jó lenne, ha féltékeny lennél.

– Nem vagyok egy féltékeny típus, tudod … és nem bánom, ha csak néznek téged – felelte. Freden látszott, hogy büszke a magyarázatára, átölelte Bonnie derekát, magához húzta és szájon csókolta.

Kb. egy órára járt az idő, amikor Bonnie és Fred elmentek a klinikáról. A Vásárcsarnokhoz mentek, ahol Fred nagymamája körtét árult. Amíg a nagymamára várni kellett, addig leültek a Vásárcsarnokkal szembeni padra. Fred Bonnie ölébe hajtotta a fejét, levette a hátáról a hátizsákot, hogy szabadon maradt kezével a lány izzadt hátát simogassa. Bonnie ujjai a fiú barna, rövid hajában jártak, meg-megsimogatta a fiú fejét. Bonnie és Fred hosszú percekig ültek így, egymás szemébe nézve, egymást simogatva, csókolózva. Bonnie, amikor később visszagondolt szerelmükre, mindig ezt a meghitt pillanatot idézte fel, talán álmodott is róla, ahogy ül a padon, Fred pedig az ölében fekszik. Ott voltak egymásnak, feltétlen szeretetben kiszolgáltatva a múló időnek. Valami Ady-életrajzíró, talán Ignotus idézete sejlett fel benne, amint Adyról és Csinszkáról ír: *„a két szép ember, a maga méltatlan sorsával”*.

Évtizedekkel később titokban visszament a padhoz a kutyájával, amíg családja az Árkádban ebédelt (ez az épület akkoriban még nem is létezett), ült egy kicsit a padon gondolataiba és emlékeibe révedve, de megállapította, hogy másfajta padok voltak ott egykoron, mint amin ül. A tárgyak is az enyészeté válnak ennyi idő alatt, de az érzések, ha nem is ugyanolyannak, de hasonlónak tűntek … (A régi Vásárcsarnok bezárt, mellette egy új nyitott ki a napokban.) Talán huszonkét éves koráig itt volt életében a legboldogabb, ezen a padon …

A pillanatok akkor óráknak tűntek, Bonnie lelkében hegedűszó szólt, és a tűző napon ülve, ölében Freddel úgy érezte, nincs a földkerekségen nála szerencsésebb ember. Mikor menniük kellett, hogy a nagymamát az üres ládáival hazavigyék, a pillanat varázsa is elszállt; olyan volt, mintha a tükör, melyben a lány szépnek látta magát, ezer darabra pattant volna. Bonnie egész életében soha többé nem látta így magát, elrepedt a tükör. Miután hazavitték a nagymamát, Fred és Bonnie elmentek a szülők lakására. Joan, Fred anyukája, és húga, Ann voltak otthon. Beszélgettek egy kicsit, majd átmentek Fred lakására, ami a ház másik sarkán lévő lépcsőház földszintjén volt. Fred ragaszkodott hozzá, hogy Bonnie is átmenjen vele virágokat öntözni. Bonnie követte a fiút, aki öntözőkannával a kezében járkált fel és alá a lakásban. Fred egy óvatlan pillanatban lehúzta a lányt az ágyára, megcsókolta a forró száját, a szemébe nézett, majd megkérdezte:

– Mire gondolsz most?

– Szeretlek – súgta Bonnie a fiú ölelésében.

Fred jóízűen elmosolyodott:

– És egy jó vagy rossz? – kérdezte.

– Az attól függ, hogy neked vagy nekem – válaszolt okosan a lány.

Fred belenézett a lány szemébe és azt mondta:

– Most arra gondolsz, hogy erre miért nem mondok semmit, igaz?

Ismerte a lányt: Bonnie-nak épp ez járt az eszében.

– Nagyon ritkán mondom azt, hogy *szeretlek*. Életemben összesen négy lánynak mondtam. Kedvellek és tetszel, de még egy hajszál hiányzik ahhoz, hogy kimondjam, hogy szeretlek.

Bonnie tisztában volt vele, hogy soha senkinek nem mondta még életében, hogy szereti, és most összeszoruló torokkal feküdt az ágyon a teljes megsemmisülés határán, és nem értette, mit keres ő most itt. Legszívesebben felkelt volna, és sosem jön vissza.

– Tudom, ez most rossz pont volt nekem – mondta Fred. Pár perc néma csend után belecsapott a közepébe:

– Egyébként, hogy döntöttél? – célzott az előző napi beszélgetésre.

– Két lépéssel közelebb kerültem az utóbbi napokban hozzád, de most két lépéssel távolabb kerültem tőled, úgyhogy ugyanabban a pozícióban maradtam – felelte szomorúan a lány.

- Lazíts! - szólt Fred ismételten valahonnan a medence mélyéről. Bonnie-t már nem is érdekelte, amit mond.

- Az életet érdekessé kell tenni, hogy ne legyen olyan unalmas. Szerintem nem jó, ha tudod, mi lesz a párod következő gondolata, szava, mozdulata.

Bonnie ezzel nem értett egyet, de nem szólt; szomorú volt, a lelke mélyéről elfojtott sikolyok akartak feltörni. A fiú egyre csak folytatta:

- Képzelj el egy unalmas, esős délutánt, amikor a férjed minden ok nélkül hazaállít egy szál rózsával. Szeretem a meglepetéseket.

A lány nem értette, hogy függ ez össze az előbbi mondanivalójával, mellyel halálosan megbántotta. Bonnie utálta a meglepetéseket, a meglepetésről is tudni akart mindent.

- Akkor nem ismersz még igazán - kontrázott Bonnie. - Én is tudok neked meglepetéseket okozni, ha akarod. Ja, és számomra sokkal fontosabb, hogy egy szemvillanásból tudjam, mit gondol a párom, és hogy bízhassak benne.

(Bonnie végül szerencsés lett, ilyen férjet talált. Kölcsönösen ismerték egymás gondolatait és szavait. Egy nyári napon, amikor a férje nyaralójuk teraszán a dinnyét szelte, Bonnie huncutul ránézett és kihívóan megkérdezte: - Mire gondolok?

Charlie magabiztosan felelt, mintha könyvből olvasná: - *„A rakodópart alsó kövén ültem, s néztem, hogy úszik el dinnyehéj …"* - nézett a feleségére, és szavalni kezdte az egyik kedvenc József Attila-versét. Charlie kitűnően vizsgázott.)

- Hogy várhatsz megértést, ha a partnered nem tudja, hogy mire gondolsz, ha állandóan változol? - kérdezte a lány.

Ez volt az a pont a filozofikus beszélgetésben, amire Fred nem tudott válaszolni.

- Nem tudom elképzelni, hogy feküdhetnék itt az ágyadon anélkül, hogy szerelmes lennék beléd. Nem tudom, hogy te erre szerelem nélkül hogy vagy képes.

Fred nem válaszolt.

- Tudod, mit szeretnék most leginkább? Felülni a vonatra és vissza sem nézni, csak messzire el … innen, tőled.

– Már Bátaszéknél visszafordulnál és visszajönnél hozzám.

(Hurrá, fedezte fel Bonnie évekkel később, hogy autópálya épült, ami elkerüli Bátaszéket.) – Azért jönnél vissza, mert a lelked mélyén nem tudnád lezárni az egészet és hajtana a kíváncsiság, hogy mi történne, ha velem maradnál.

Néma csend lengte be a szobát, majd a fiú hozzátette:

– Csak az fog történni, amit te is akarsz. Nem vagyok az a férfi, aki kihasználja a helyzetet, és nem kedvelem az olyan férfiakat, akik így tesznek. Véleményem szerint az ilyen szócsaták arra valók, hogy messzebbre kerüljön a partnered tőled, így harcolni kell, hogy visszaszerezzed.

– Megölnélek ebben a pillanatban – sóhajtott a lány.

– És miért nem teszed meg? – hangzott a provokatív kérdés.

– Mert a szívem azt mondja, hogy ne tegyem meg, de az eszemmel legszívesebben megölnélek.

– És melyik az erősebb?

– Teljesen igaza van Carolnak, a legjobb barátnőmnek, aki azt mondja, hogy megőrültem … Ja, és mit hisz az anyukád, mit csinálunk itt? Már egy órája itt vagyunk.

– Nem érdekel. Egyébként is, felnőtt nő vagy, nem tizenhat éves, azt csinálsz, amit akarsz, és én is nagyfiú vagyok.

Pár perc után folytatta:

– Nem tudom elképzelni, hogy manapság egy lány szűz még az esküvőjén … Aki még huszonkét évesen is szűz, azt aranykalitkában tartották és elzárták a világ elől, vagy rém ronda.

Bonnie tudta a választ: „aranykalitka".

– Bár régen rossz, ha úgy csinálnánk, hogy te nem akarod. Látom a szemeidben az elvárásokat, mindig meg akarsz felelni nekik.

Aztán mesélni kezdett:

– Egyszer felvittem egy lányt a lakásunkra egy buli után, anya nagyon mérges volt és megkért, hogy ne tegyek ilyet soha többet, hozzam a lányokat az én lakásomra.

Bonnie agyán átfutott, hogy ez megint egy jól irányzott gól a kapuban; ha fociznának, ez a sztori igazi gólként csapódna a kapuba, és egyre szomorúbb lett. El akart futni, de az izmai nem engedelmeskedtek: szerelmes volt a fiúba.

– Tudod mit? Folytassuk éjjel! – mondta, és visszamentek a szülei lakására.

– Ha a helyedben lennék, itt és most elhagynám ezt a lányt – szólt közbe Bonnie, és reménykedett, hogy itt lesz vége, és nem kell neki meghozni a döntést.

– Te tévedésben vagy magaddal – mosolygott Fred.

– Most leginkább kiállnék egy mezőre és egy nagyot kiáltanék …

– Igen, pont úgy nézel ki, ezt már többször is észrevettem, és azt is, hogy gyűlölöd a kritikát, és azt is látom rajtad, hogy legszívesebben elküldenél a pokolba.

– Mi lenne, ha az életedben történne egy nagy tragédia? – tette fel hirtelen a kérdést Bonnie.

A fiú válaszán évtizedekkel később is gondolkodott – persze nem volt igaz ez a válasz abban a nehéz élethelyzetben, amikor Fred válni készült, igazából lelkileg nagyon ki volt készülve. A válasz fellengzősen hangzott:

– Semmi. Megráznám magam és észrevenném, hogy milyen boldog és szerencsés is vagyok, hogy még mindig élek, és újrakezdeném az életemet.

Ebben a pillanatban Bonnie-t egy csoporttársára emlékeztette, aki fűzte a fejét, a kutya- macska játékaira.

– Utálom a kutya-macska játékot, jobban szeretem a kutya-kutya és macska-macska közti játékot.

– Az nagyon unalmas lenne.

Visszamentek a lakásba Ann-ért, mert a család a telekre akart kimenni.

Már az autóban ültek hárman Ann-nel együtt, amikor a fiú fejtegetni kezdte:

– Talán folytathatnánk. Szeged nincsen olyan messze, hogy ne lehetne levezetni az utat egy délután alatt, nálad aludhatnék, aztán te aludnál nálam.

(Bonnie tisztában volt vele, hogy a szülei előbb ölnék meg, mint hogy erre sor kerülne.)

– Vezess lassabban, nem szeretnék kirepülni a szélvédőn! – sikongatott Bonnie a kanyarban.

– Az én dolgom, hogy útközben nézzem a lányokat, a te dolgod – fordult Ann-hez –, hogy nézd az utat. Mi az, féltékeny voltál – fordult Bonnie-hoz –, amikor tegnap megemlítettem, hogy milyen csinos az a lány a buszmegállóban?

– Egyáltalán nem, mert nem ez volt az első alkalom, hogy bámultad a csajokat.

– Nem igaz – mondta meglepve. – Mikor volt ilyen?

– Gondolkozz! – Bonnie Ann miatt nem akarta jobban kifejteni, mikor történt.

Fred leállította a kocsit, kiszállt Bonnie után a kollégium előtt. Egymással szemben álltak, és Fred fürkészően a lány szemébe nézett és szinte bocsánatkérően újra kérdezte:

– Mire gondoltál? Mikor volt ilyen?

– Nyomultál a spanyol lányra, amikor táncoltatok. Elhatároztam, hogy nem fogom neked kikaparni gesztenyét, fordítgass csak magadban, nem fogok segíteni, hogy megértesd vele magadat.

– Igazán nem akartam tőle semmit.

– Tudom, hogy akartál ... – mondta csendesen Bonnie és lehajtotta fejét

– Elhívhattam volna bárhova, ahogy téged elhívtalak. És egyébként is a te combodat simogattam az asztal alatt.

Bonnie teljesen összetört. Ezen a délután Fred más arcát mutatta. Eddig azt hitte, tudna vele élni, de rájött, hogy hibázott. Ilyen és hasonló gondolatok érlelődtek benne annak ellenére, hogy szerette a fiút és szerelmes volt belé. Fred ezen a délutánon leginkább ahhoz a durcás kisfiúhoz hasonlított, aki nem kapta meg a kedvenc játékát, így lelki zsarolásba kezdett. Nyoma sem volt annak a kedves, mosolygós, figyelmes fiúnak, akit megismert.

Ezek a gondolatok jártak a fejében, amint besétált a főtérre, hogy körülnézzen a Zsolnay-márkaboltban. A szüleinek lesz a házassági évfordulójuk július 21-én. Hosszas válogatás után végül választott nekik ajándékba egy kék búzavirágmintás gyertyatartót, meg egy kisméretű vázát, amit szépen becsomagoltak.

Mielőtt hazament, betért a gyógyszertárba, hogy biztos, ami biztos, legyen nála óvszer. Tudta, hogy ezen az éjjelen meg fog történni. Nincs miért tovább húzni, fejest ugrik a végtelenbe, lesz, ami lesz.

– Milyen színűt, ízűt és méretűt szeretne? – hangzott a meghökkentően zavarba ejtő kérdés a Zsolnay patikában

– Teljesen mindegy – mondta zavartan Bonnie. Végül kapott egyet kék csomagolásban – fogalma sem volt, milyen óvszert rejthetett a csomag belül. (Később, mikor ezt a történetet zavartan elmesélte Frednek, azt mondta neki, hogy két zsemle mellett kellett volna megvenni a kondomot a Konzum Áruházban, és nem a gyógyszertárban.)

Döntött. Ma éjjel odaadja magát a fiúnak.

Tizenhetedik fejezet

Lassan múlt az idő, ahogy az órájára pillantott. Még csak fél öt – sóhajtott fel, és szélesebbre tárta az ablakot. Kinn szikrázóan sütött a nap, a téren kergetőző gyenge fuvallat befújta a szobába a ház előtti hársfasor mámorító illatát; nagy volt a forgalom, mely zaját a kollégium előtti park csak részben tompította. A gyárváros füstös levegőjébe most virágillat keveredett. Tudta, hogy sosem felejti el ezt az illatot. Évekkel később ez az illat mindig Pécset idézte fel neki, a szerelmet és a szabadságot. Bárcsak lehetne kapni hársillatú parfümöt! – gondolta. Július 18-a van, Fred hetek óta forszírozta, Bonnie pedig az érzelmei és az értelme által szőtt hálóba gabalyodott és napról napra vágyta az újabb érintést, és kíváncsisággal teli félelem lett rajta úrrá.

Ez lesz a nap, amikor elveszti a szüzességet. Délelőtt elhatározták, végérvényesen. Napok óta beszéltek erről, „józan" és csókokba fulladt pillanatokban is.

A fiú, akire most várt, szép volt, az a férfias szépség volt, akit ritkán látni. Lágy arcvonások, hatalmas, barna, igéző szempár, szédítő mosoly a szája sarkában, hosszú szempillák – ilyennek látta szerelmét. Nem volt túl magas, de egy fejjel magasabb volt Bonnie-nál, teste izmos volt és napbarnított. Hangulata vidám volt, ahogy Bonnie-ra is jellemző volt a vidámság; szinte mindig mosolygott. Stílusa könnyed és férfiasan határozott volt. Ahogy visszagondolt első csókjukra, szinte beleborzongott a teste. Vágyott a fiú érintésére, minden porcikája izzott, amikor a Fred hozzáért. Délelőtt a klinikán, amikor csak összenéztek vagy megérintették egymást, vagy elbújtak egy sarokba röpke csókot váltani, szinte szárnyalt a boldogságtól. Soha senki nem vonzotta így, mint egy mágnes, a két ellentétes pólust képviselték. Bonnie komoly volt és céltudatos, Fred pedig inkább a pillanatnak élt, és semmit nem tudott komolyan venni.

A lány most érezte először, hogy ő a világ közepe, és érte van minden: a napfény, a madárcsicsergés, a fuvallat, mely most az émelyítő hársillatot csempészte a szobába. Úgy érezte, hogy ha csak eddig tart az élete, hát áll elébe. Már megérte: 22 évesen még nem érzett hasonlót. A fiú gyengéd volt, és próbált mindig a kedvében járni. Ha kirándulni akart, elment vele, ha úszni akart, ezt a kívánságát is szinte azonnal teljesítette. Látta a szemén, hogy szerelmes belé; csodálattal nézett a lányra ragyogó szemekkel, félénk mosolyával a szája szögletében. Bonnie a fél világot letette volna elé. Arra készült, hogy egész lelkét odaadja ma a fiúnak, de csak ő sejtette, hogy mindörökre. A gondolat, hogy a testét is odaadja neki, lelke mélyéig hatolt, józan pillanataiban elbizonytalanította. Mindig úgy képzelte, hogy ez örök kapocs lesz közte és a között a férfi között, akivel először megtörténik, és remélte, hogy nem is lesz életében már más. Évekkel később, amikor a lányának beszélt a szerelemről, „rózsaszín ködnek", „csillagszóró-izzásnak", „szikrának" jellemezte ezt az állapotot. Ilyen érzés az életben nem sokszor adódik, és meg volt győződve, hogy megismételhetetlen. Amikor évekkel később visszagondolt erre a szerelemre, hálás volt a sorsnak, elképzelte, hogy milyen egyhangú élete lett volna, ha nem ismeri meg őt. Valahányszor, amikor elbizonytalanodott vagy nehéz napjai voltak, csak visszagondolt ezekre az időkre, amikor együtt voltak, ebből erőt merített, kihúzta magát, és egyenes háttal, tűsarkú cipőjében magabiztosan ment a teljesíthetetlennek tűnő cél felé és kivétel nélkül megmászta a legmeredekebb hegyoldalakat is, melyeket élete térképére festett a sors.

Meleg volt, kiöntötte a narancslevet a pohárba, hogy szomját csillapítsa. A gyümölcslé nem volt lehűtve – nem volt hűtőszekrény a kollégiumi szobában –, de csillapította szomját. Leült az asztal mellé húzott székre és kibámult az ablakon. Kintről beszélgetés és nevetés hallatszott, páran ültek az épület előtti padon.

Elővette a papírt, amit a klinika mátrixnyomtatójából tépett ki, és hozzálátott a napló írásához. Könnyedén, minden nehézség nélkül fordította gondolatait angolra, hogy a nap eseményeinek papírra vetése után borítékba zárva elküldje barátnőjének a levelet. Az angol nyelven írás előnye többek közt az volt, hogy amennyiben a levél illetéktelen kezekbe kerül, ne legyen olyan könnyen értelmezhető, sőt azt a célt is szolgálta, hogy barátnőjét felkészítse a tervezett angliai útjára – ősztől ugyanis ösztöndíjat kapott a bristoli egyetemen. Kifogyott a kéken fogó tolla, rövid keresgélés után pirossal folytatta. Teliírt majd' négy oldalt, majd letépte a papírok oldalán lévő perforációt, gondosan összehajtogatta, és becsúsztatta az előre megcímzett borítékba. Holnap majd feladja a postán. Holnap? Holnap? – zakatolta a szíve. Beleremegett: „Ki leszek holnap?"

Arra ébredt, hogy már nem sütött be a nap az ablakon. Vacsoraidőre járt az idő. Nem volt éhes, de gondolta, megeszi a müzlit, ami a reggeli után maradt a zacskóban. Felöntötte tejjel, és kanalazni kezdte. Gyümölcsös íze volt, de nem érezte; remegett a gyomra. Vett egy friss fürdőt, megfésülködött, rövid gondolkodás után egy fehér pólót húzott és egy kék, testére tapadó, hímzett farmert vett fel. Fújt egy kicsit a nyakára kedvenc parfümjéből. Este kilencre járt az idő, amikor kopogtak az ajtón. Zavartan nyitott ajtót. Fred állt az ajtóban abban a nevetséges, kissé kopottas, narancssárga pálmafás bermudanadrágban, amiről Bonnie azt gondolta, hogy egy évekkel azelőtti tengerparti nyaraláson szerezhette be, és fehér póló volt rajta. Fáradtnak tűnt, de mosolygott. A szőlőjükben dolgozott napnyugtáig, miután elbúcsúztak. Mosolyogva lépett be az ajtón, kézen fogta a lányt, kezét hajához érintve száját szájához húzta és forrón megcsókolta.

– Mehetünk? – kérdezte.

Bonnie bólintott, de nem felelt. Vállára vette a hátizsákot, amibe tiszta ruhát, fogkefét, fogkrémet, szemceruzát és a parfümjét már korábban bepakolta. Fred kézen fogta. Ugrálva szaladtak le a lépcsőn, vissza sem néztek a portásra. Bonnie remélte, hogy nem tűnik fel neki, hogy ma nem alszik a koliban.

Fred kinyitotta a lány előtt a kisméretű, sárga autó ajtaját. Bonnie könnyedén, légies mozdulatokkal ült be a vezető melletti ülésre. Többször ült már az autóban, nem érezte idegennek sem azt, sem pedig a helyzetet, hogy benne ül. De ez a ma esti utazás más volt, mint a többi. Más, mint amikor nappal utazgattak a városban vagy Harkányba ugrottak le éjjeli fürdőzésre vagy amikor Fred barátait látogatták meg valamelyik este.

Fred indítás után jobb kezét a lány bal combján pihentette,
bal kézzel pedig a kormányt fogta. Ez az érintés nem volt tolakodó, sőt erőt, magabiztosságot sugárzott, Bonnie pedig fürdött
az érintésben. Nem beszéltek sokat útközben; nem volt miről
beszélni, a csend és az érintés beszélt helyettük. Körüljárta őket
az elfojtott vágy néma ígérete, melynek beteljesüléséről eddig
csak álmodni mertek. Csillagos éjszaka volt, meleg, lágy fuvallat
mozgatta a levegőt, a hársfaillat belengte a teret. Rövid kocsikázás után leparkoltak a ház előtt. A ház egyik sarkán volt Fred
lakása, a másik sarkon pedig a szüleié. Pár lépcsőn jutottak fel
a lakásig, a fiú kitárta a lány előtt az ajtót, bevezette a lakásba.

– Mindjárt jövök, csak elmegyek zuhanyozni – mondta Fred,
majd a másik lakás fele vette az irányt.

Bonnie nem nézett rá, csak bólintott. Kilépett magas talpú
szandáljából, hogy belépjen a szobába. Meztelen talpával érezte
a süppedős szőnyeg jóleső simogatását, és helyet foglalt a nappaliban a kanapén. Nappal járt a lakásban több alkalommal is,
de az éjszaka most sötétebb arcát mutatta, idegennek festett,
ahogy körbenézett. Kényelmesen elhelyezkedett a kanapén,
miközben érezte, hogy remeg a gyomra. Eszébe jutott kedvenc
filmje a *Funny girl,* az a jelenet, amikor Funny-t randevúra hívja a gyűrött inges férfi, akibe Funny szerelmes, és vacsora után
próbálnak ráhangolódni az együttlétre. Funnynak is első a férfi
az életében, Funny rossz nőnek érzi magát. Bonnie is ezt érezte. Próbálta elhessegetni ezt a gondolatot a fejéből. Felvette az
első újságot, amit a dohányzóasztalon talált, és olvasni kezdte. Azon kapta magát, hogy már többször lapozott és fogalma
sincs arról, hogy mit olvas. A betűk és a szavak most homályosan himbálóztak előtte, szíve hevesen kalapált, az agyán pedig
hideg rémület futott át. Olvasnom kell, értenem kell, amit olvasok – mondogatta magának, és észre sem vette, amikor Fred belépett az ajtón, azonban ahogy közelebb lépett, messziről érezte a férfias, határozott illatot, ami felőle áradt. Erőt vett rajta a

vágy, de egy hang sem jött ki a torkán, a teste sem engedelmeskedett a mozdulatoknak, amit tenni akart. Bonnie látta a fiú arcán a döbbenetet, hogy a nappaliban találja, újságolvasásba mélyedve. Átsiklott az agyán, hogy Fred talán mást várt, talán már a zuhany alatt azt képzelte, hogy Bonnie meztelenül várja a másik szobában, az ágyán fekve.

– De hogy gondolhatsz ilyet, hiszen szűz vagyok? – mondta szemével Bonnie, ahogy fejét felemelte és mélyen Fred szemébe nézett, a pillantásával beszélt, mert egy hang sem jött ki a torkán.

Fred zavarban volt, látván, hogy Bonnie hűvös nyugalommal ül a kanapén. Talán nem akarja már az egészet – siklott át az agyán, majd egy lépéssel közelebb ment a lányhoz, megfogta a kezét és felhúzta a kanapéról. Úgy vezette át a másik szobába, mint egy kisgyermeket, aki akkor teszi meg első lépéseit, de még vigyázni kell rá, hogy el ne essen. A másik szobában a franciaágy mellett megálltak, Fred forrón megcsókolta. Percekig álltak így csókban összeforrva, Bonnie-t elöntötte a vágy, kívánta a férfit, és ez az érzés úgy csapott egyre magasabbra, mint a tenger hullámai a viharban. A józanész messzire szállt, Bonnie tudatában volt ennek, de nem érdekelte. Fred csókolta tovább a nyakát, majd benyúlt a pólója alá és egy mozdulattal levette róla a felsőt és kikapcsolta a melltartóját, csókolta a melleit és a hasát. Bonnie felnevetett, Fredre nézett:

– Annyira csiklandós vagyok! – suttogta. Furcsa volt, hogy valaki megérinti a testét. Fred észrevette Bonnie apró nyögéseiből, hogy szereti, ha a nyakát csókolják, és ott csókolta tovább. Finom mozdulattal döntötte le az ágyra, fogta a fejét, hogy meg ne üsse magát, de egy pillanatra sem hagyta abba a csókolózást és Bonnie testének simogatását Lehúzta a lány nadrágját, majd Bonnie megemelte a csípőjét, könnyedén lehúzta róla a bugyit. Nem tudta, Fred mikor vetkőzött le, de mire Bonnie újra kinyitotta a szemét, meztelen volt. Odahajolt föléje. Szerette szép izmos vállát, ahogy átölelte; szerette a meleg barna szemét; a puha, forró száját, az egész férfit, ahogy ismételten csókolta a mellét. Bonnie felnyögött.

– Milyen forró a tested! – suttogta Fred, amikor testük öszszeért. Bonnie imádta a napfényt, szeretett napozni, délután összegyűjtötte a nap összes sugarát és most úgy adta ki magából a meleget, mint egy katlan. Ő is érezte a forróságot: a szerelem lángja fűtötte, de nem válaszolt.

A simogatások és a csókok közepette megfeledkeztek a külvilágról, csak ők voltak ott egymásnak ketten, megállt az idő, mintha apró húrok rezdültek volna meg lelkükben, mintha kedves pókok láthatatlan hálót szövögettek volna köztük, melyek évek múltán is össze fogja tartani őket és emlékeznek majd erre az érzésre, ha rezdül a húr. Bonnie egyre kéjesebben nyögött fel és Fred büszke volt magára, hogy úgy játszott a lányon, mint egy hangszeren, amit korábban még senki nem vett a kezébe. Kb. egy óra hosszát szerették így egymást, Bonnie forrón csókolta Fred száját, simogatta rövidre vágott barna haját. Fred nem siettetett semmit, fel akarta venni a lány tempóját, bár a visszajelzésekből jól tudta, hogy jó irányba haladnak.

Bonnie olvasta Merle *Üvegfal mögött* című könyvét, és most önkéntelenül is eszébe jutott, hogy vérezni fog, és nem vérezheti össze az ágyat.

– Hatolj belém – suttogta –, de előbb rakj alám egy lepedőt!

Fred némán benyúlt a szekrénybe és elővett egy összehajtogatott törülközőt, Bonnie csípője alá tolta.

– Húzd fel rám a gumit! – mondta Fred, arcán kéjes vigyorral.

Bonnie nekilátott a feladatnak. Először ügyetlenül, majd egyre bejáródottabb mozdulattal húzta fel a fiú péniszére az óvszert. Milyen nagy, vastag, ágaskodó és forró – ezek jutottak eszébe, és büszke volt magára, hogy őmiatta ilyen nagy és ágaskodó.

– Milyen pozícióban szeretnéd? – kérdezte Fred, de azonnal rájött, hogy butaságot kérdezett, hisz' a lánynak nincs ebben tapasztalata.

Bonnie villámcsapásszerű fájdalmat érzett, amikor Fred belehatolt, majd mozogni kezdett benne. A vágy, amit a fiú iránt érzett, hirtelen alábbhagyott, és csak a fájdalomra bírt koncentrálni. Időnként érezte, hogy átjárja a kéj, de ahogy Fred beljebb próbált hatolni, hirtelen ismételten a fájdalom járta át a testét. Pozíciót váltottak, majdnem háromszor. Bonnie egész testében remegett a fájdalomtól, majdnem sírt, kérte Fredet, hogy pihenjenek egy kicsit. Fred úgy tett mindenben, ahogy Bonnie kívánta: kiszállt belőle és csókolgatta a testét, a nyakát, a melleit. Fred pénisze még mindig merev volt, Bonnie pedig érezte, hogy testébe újra visszatér a vágy. Fred ismételten belecsuszszant, ő pedig aprót sikított fájdalmában, de érezte, hogy a fiú olyan mélyen van benne, hogy túljutottak a szűzhártyáján. Most már minden tágassá vált odabenn, érezte, hogy Fred péniszét teljes mértékeben átöleli a hüvelye. Fred csókolta a száját és beszélt hozzá, hogy mindjárt jó lesz neki. Fred érezte, hogy mindjárt eljut a csúcsra, Bonnie pedig szebbnek látta, mint valaha.

– Szeretlek! – nyögte Fred, majd lassan kicsusszant belőle.

– Mennyire? – kuncogott Bonnie. – Nagyon, kicsit, közepesen?

– Ezt döntsd el te magad! – hanyatlott vissza Fred az ágyra, és átölelte Bonnie-t.

Bonnie az ágy jobb oldalán feküdt, szerencsére csak pár csepp vér látszott a törülközőn. Nyugodt volt, nem volt álmos. Úgy érezte, övé a világ, övé a férfi, akire mindig is vágyott, most egymáséi, és így lesz ez, amíg világ a világ. Fred behunyt szemmel feküdt a balján, Bonnie a szépségét csodálta – a hosszú szempilláját, a formás szemöldökét, az ívelt ajkát. Megcsókolta az ívelt száját, majd apró mozdulatokkal haladva leheletnyi csókokkal bejárta a férfi mellkasát, hasát.

– Aludjunk egy félórát – nyögte Fred.

Bonnie, a tapasztalatlan, nem sejtette, hogy apró csókjaival feléleszti az alvó oroszlánt, ő mindössze a szeretetét szerette volna kifejezni, de a férfi pénisze ismét ágaskodni kezdett, majd finom mozdulattal becsúszott a hüvelyébe. Bonnie elcsodálkozott: másodszor már nem fájt. Lassan érezni kezdte a kéjt, de még mielőtt az érzés nőni kezdett, ismételten alábbhagyott, és ez így ismétlődött jó néhányszor. Fred talán akarta harmadszorra is, de Bonnie nagyon kimerültnek érezte magát. Fél 3-at mutatott az óra.

A hajnal lassan megmutatta első gyengéd fényeit, a nap szolid sugarai megvilágították a szobát.

Bonnie alig aludt egy félórát, és most a szobán átvillanó árnyékokat figyelte. Fáradt volt, először az izgatottság, majd kimerültség lett rajta úrrá. Fredet nézte, ahogy alszik; szép, ívelt száját és hosszú barna szempilláit. Legszívesebben csókot lehelt volna ismételten az ajkaira, de nem akarta felébreszteni. Becsukta a szemét, hogy elképzelje, hogy a sors vajon mennyi időt szánhat nekik. Szomorú és boldog volt egyszerre. Próbált pihenni, talán aludhatott is még egy kicsit. Mikor legközelebb kinyitotta a szemét, a nap már teljes fényével sütött be az ablakon, majd hamarosan csengett az óra. Fred szemén látszott a fáradtság és az elégedettség, odahajolt Bonnie-hoz, és forrón megcsókolta:

– Szép jó reggelt! – suttogta mosolyogva a lánynak, szinte fürdött Bonnie kék szemeiben. Gyorsan letusoltak, majd magukra kapták a ruháikat, hogy időben beérjenek a klinikára. Beültek a sárga autóba. Fred automatikusan tartotta a kormányt, indexelt, nyomta a gázt és állt meg a pirosnál, miközben jobb kezét megszokásból a lány bal combján pihentette. Nem beszéltek; Fred érezte, hogy övé a lány testestől-lelkestől, ránézett, majd rámosolygott. Bonnie meleg, szeretetteljes mosollyal válaszolt, mely gesztus mindkettőjük számára felért a mindenséggel. Fred csak egyre tudott gondolni: még meg tudja inni a kávét a büfében munka kezdete előtt. Alig állt a lábán, szó szerint úgy nézett ki, mint akin átment az úthenger. Bizony nem kis teljesítményt nyújtott az éjjel, úgy érezte, mintha lefutott volna egy maratont. Unottan felhörpintette a cukros kávét, érezte, amint a cukortól és a koffeintől egyre élénkebb lesz, de a biztonság kedvéért vett még egy kólát, miközben Bonnie ott ült mellette a napsütötte teraszon és narancslevét kortyolgatta. Röviddel később kézen fogva szaladtak le a lépcsőn.

– Mi a különbség a tegnapi Bonnie Marcelé és a mai Bonnie Marcelé között? – kérdezte Bonnie Fredtől lopakodó huncutsággal a hangjában, miközben beszálltak a liftbe. Fred először nem értette, mire gondol, de amikor rájött, hogy Bonnie a nővé avatására gondol, huncutul visszamosolygott.

– Üdvözöllek a nők sorában – mondta.

Nem sejtették, hogy látszott rajtuk a gyűrődés; szavak nélkül mindenki sejtette, mi történhetett: még sosem látták őket együtt érkezni reggel. A kollégák összemosolyogtak, amikor meglátták őket, de senki nem szólt egy szót sem. Akkor még nem ...

A reggeli konzultáció során kipattant a botrány, hogy két hallgató nem ment be aznap, nekik kellett volna asszisztálni. Szerencsére a kettőjük neve nem volt a listán, akiknek a műtőben kellett volna segédkezni. Az osztályon maradhattak, felvették az új betegeket, majd hirtelen nem volt mit csinálni. Fred egy számítógépes játékkal játszott és annyira belefeledkezett, hogy észre sem vette, hogy Bonnie unatkozik mellette.

Bárcsak elvesztené a játékot! – kívánta Bonnie, de nem volt szerencséje, Fred igen sokáig jól teljesített.

Aztán hirtelen elhatározásból beültek a sárga autóba, hogy elmenjenek az Áramszolgáltató Vállalathoz ügyet intézni. Rövid várakozás után sorra kerültek, majd a Konzum Áruházba mentek, hogy átvegyék nekik Vanessa Mae legújabb kazettáját. Itt találkoztak Eve-vel, aki eladóként dolgozott az áruházban, Bonnie-t megajándékozta egy összecsukható fésűvel. Búcsúzóul meghívta őket estére hozzájuk.

– Azt akarom mondani – kezdte Bonnie durcásan, a Rákóczi úton sétálva –, hogy foglalkozz velem.

Fred kézen fogta, mosolyogva a szemébe nézett és nevetett: – Jaj, de igényes valaki. Egyébként ne csak mindig várj arra, hogy kapj, adj is, kezdeményezhetsz te is – oktatta a fiú.

Tizenegy óra lehetett, mire visszaértek a klinikára. Az öltözőben Fred felírta a táblára nyomtatott betűkkel: „VAKÁCIÓ!” Bonnie kivette a krétát a kezéből és aláírta közvetlenül Fred írása alá: „I LOVE YOU!”

– Ki az a „YOU”? – nevetett fel Fred, majd megcsókolta Bonnie-t. (Bonnie-nak évekkel később is fájt, hogy nem kapta vissza az I LOVE YOU-t sem szavakkal, sem pedig felirattal.) Aztán visszamentek az osztályra, ahol hét beteget kellett megvizsgálniuk, majd ledokumentálniuk a számítógépbe. Három beteg feküdt Fred osztályán, négy pedig Bonnie-én. Három óráig fáradhatatlanul dolgoztak, végül azt sem tudták, melyik beteg melyik volt, még szerencse, hogy minden vizsgálat után leírták a státuszt a gépbe. Hibáztak is, úgyhogy egy beteget újra meg kellett vizsgálniuk, Asif segített nekik.

Három fele Fred felhívta az anyukáját, hogy megkérdezze, mi a program délutánra. Bonnie nem hallotta a beszélgetést, de Fred azt mondta:

– Akkor holnap reggel találkozunk!

Bonnie érezte, hogy szédülni kezd, alig bírt állni a lábán és szándékosan nem szólt egy szót sem, miközben Fred hazaszállította a kollégiumba az autóján.

– Mire gondolsz? – törte meg a csendet Fred.

– Arra, hogy mennyire megváltoztál – durcizott Bonnie.

– Nem változtam meg, fáradt vagyok. Láttad, hogy két kávét ittam, hogy kibírjam délutánig, de nincs rám semmi hatással.

– Egyáltalán nem figyeltél rám – pufogott Bonnie, és kiszállt az autóból a kollégium előtt.

Fred nem akarta ilyen hangulatban otthagyni a lányt, ezért felkísérte a szobájába.

Bonnie becsukta az ajtót és magából kikelve folytatta (talán akkor értette meg, hogy ha szeret egy férfit, mindig vele akar lenni, övé akar lenni szőröstől-bőröstől, a feje tetejétől a lába ujjáig. Persze ezt nem mindenki viseli el, de Bonnie akkor ezt még nem tudta, bár sosem változott meg, felnőtt nő létére sem. Szerette a férfit, aki mellette volt, övé akart lenni mindig és mindörökké, állni mellette hűségben, tiszta szívvel, szeretetben.)

– Nem figyelsz a kis gesztusokra. Persze, mindent megkaptál, amit akartál, igaz?

– Fáradt vagyok – szabadkozott Fred.

Bonnie közben élvezte, hogy ő áll nyerésre a szócsatában, így tovább folytatta:

– Én is fáradt vagyok, de nem emlékszel, mit írtam fel a táblára?

– Persze, hogy emlékszem. Amit éjjel mondtam, azt őszintén mondtam.

Bonnie tudta, hogy Fred mire gondol, de eljátszotta, hogy fogalma sincs róla, mert újra akarta hallani.

– Mit?

– Szeretlek.

– Nem tudnád akkor gyakrabban mondani, nem csak háromnaponta?

Fred ránézett az órájára, és kaján vigyorral így felelt:

– Úgy kb. tizenkét órával ezelőtt mondtam.

Fred magához húzta Bonnie-t, majd forrón megcsókolta.

– Ne nézz így rám, nem tudsz levenni a lábamról – felelte Bonnie.

– Miért vagy ilyen szeszélyes? Egyszer fenn, egyszer lenn … Mikor felejted el ezt az egészet?

– Egy órával azután, ahogy elmentél.

– Most kit büntetsz, engem vagy magadat?

– Természetesen téged.

– Majd a holnap éjjel a miénk lesz, ígérem. Ja, és ha van rá mód, a délután.

– Az lesz az utolsó éjszakánk – mondta Bonnie könnyekkel a szemében.

– Nem baj. Legyél jó kislány, aludj sokat!

– Jó időtöltést a kertben!

– Nem lesz jó, de mennem kell.

Fred látta Bonnie szemében a dühöt, így visszalépett, hogy még egyszer megcsókolja.

Fred időben becsukta maga mögött az ajtót, így nem találta el a nagy angol–magyar kéziszótár, amit Bonnie dühében lekapott a polcról, hogy a fiú után vágja. Most szétszakadva feküdt a padlón. (Bonnie nem sejthette, hogy a gyermekei fognak tanulni később ebből az összeragasztgatott, viseltes szótárból.)

Bonnie-t borzasztóan bántotta, hogy Fred nem ajánlotta fel neki, hogy magával viszi a szőlőbe. Úgy érezte, joggal lehetne részese a fiú életének, és minden percét meg akarta vele osztani, amiről lelke mélyén érezte, hogy nem lesz már sok. Megkísértette az érzés, hogy hamarosan elveszti. A másik, ami viszont magabiztossággal töltötte el, hogy úgy érezte, nyert a szócsatában. Fred pár hete arról beszélt neki, hogy nem szereti az unalmas kapcsolatokat, vágyik a változatosságra. Bonnie remélte, hogy ízelítőt kapott a nem-unalmas kapcsolatból. Azon túl, hogy fiatal kora miatt Fred volt az első kapcsolata, nem ismerte eléggé önmagát és birtokló hajlamát, a vitát meglepetésnek is szánta, amiről Fred eddig áradozott. Most ellökte magától a fiút, hogy újra küzdjön érte, hogy másnap visszaszerezhesse a testét és a lelkét. Kell, hogy ismételten harcoljon érte.

Tizennyolcadik fejezet

Reggel korán ébredt, teli volt vággyal és reménnyel, és őszintén hitt benne, hogy nekik sikerülhet, le fogják győzni az egyre múló időt és a távolságot. Bonnie korán beért az osztályra, hogy rendezgesse a kórlapokat konzultáció előtt. Fred elkésett. Bonnie épp a többiekkel beszélgetett, amikor Fred megjelent, Bonnie pedig úgy tett, mintha nem venné őt észre.

Fred felvette a fehér köpenyét, majd félve ment oda hozzá, hogy kipuhatolja, mennyire dühös.

– Jó reggelt! – mondta, és nyilvánosan, mindenki előtt szájon csókolta a lányt.

Bonnie-ból elszállt az előző napi mérge, forrón visszacsókolta. Fred átölelte a lányt, úgy kísérte be a konzultációra, és megkérdezte, hogy minden rendben van-e, és mennyi időbe telt Bonnie-nak lenyugodni.

– Kb. félórába telt, miután odavágtam az angolszótárt az ajtófélfához, szerencse, hogy már nem talált el – felelte a lány.

Fred nevetett, de Bonnie ezt cseppet sem találta mulatságosnak.

A megbeszélésen Bonnie-nak ismertetnie kellett az aznap operációra kerülő betegének esettörténetét. Határozottan felolvasta a beteg anamnézisét, státuszát.

Az öltözőben vadul csókolózni kezdtek és simogatták egymást, végül Fred szólalt meg:

– Menjünk vissza az osztályra, mielőtt teljesen felhúzzuk egymást. Ez nem az a hely, ahol lehetne …

Mindkettőjük neve ki volt írva egy-egy műtéthez, külön mosakodtak be. Bonnie-ra a harmadik műtét alkalmával került sor, lágyéksérv-műtétben kellett asszisztálnia.

Műtét előtt felmentek a büfébe reggelizni, Fred szájon csókolta Bonnie-t, ahogy ültek a teraszon, Bonnie érezte a kávéillatot a leheletén. Fred megcsókolta Bonnie nyakát, majd Bonnie ölébe hajtotta a fejét, mint egy kisgyerek, aki vigaszra vár, és Bonnie önkéntelenül is simogatni kezdte rövidre nyírt barna haját. Minden mozdulatából érződött a szeretete, hogy szerette és kívánta a fiút egyszerre, és úgy érezte, meg tudja menteni a világtól. Ha a világ rájuk omlana abban a pillanatban, akkor is így maradnának mindörökre, nem menekülnének sehova innen, hisz' ez a perc örökkévaló. Számukra megszűnt a világ.

Fred „hallotta" a mozdulatokból Bonnie gondolatait, és megszólalt:

– De jó lenne így maradni, és itt elaludni az öledben.

Fred megemlítette, hogy majdnem mégis feljött hozzá előző éjjel, a kocsit ugyanis ott hagyta a kollégium előtt, de fáradt is volt, és tartott tőle, hogy Bonnie még mindig haragszik.

Aztán kérdés-feleletet játszottak, hogy még jobban megismerjék egymást. Bonnie kezdte feltenni a kérdéseket:

– Mi a kedvenc színed?

– A piros.

– Nekem a kék.

Bonnie-nak akkor még kék volt a kedvenc színe. Évekkel később a zöld lett, de ezt akkor még ő maga sem tudta.

– Kedvenc számod?

– A tizenhárom.

– Nekem a tizenkilenc – mondta Bonnie

– Vércsoportod?

– „A" Rh negatív.

– Nekem „B" Rh pozitív.

Bonnie olvasott korábban arról az evolúciós tényről, hogy az ellentétes genetikai tulajdonságokkal rendelkező emberek vonzzák egymást a genetikai sokszínűség miatt. Ráadásul a horoszkópja is pont az enyémmel áll szemben az égbolton. Olyan, mintha kiegészítenénk egymást – gondolta. S valóban, ami Bonnie-ban megvolt, az nem volt meg Fredben, és fordítva.

– Mit vinnél magaddal egy lakatlan szigetre?

– Ha a sziget nagy, nem vinnék semmit, hiszen minden megvan rajta, ami az életben maradáshoz kell, de ha kicsi lenne, vinnék könyvet, valami zenét. Persze nagyon szeretem a zenét, de kibírnám nélküle. Te mit vinnél magaddal?

– Valakit, akit nagyon szeretnék – válaszolt Bonnie, és csillogó szemeivel Fredre nézett.

– Nem lenne az nagyon unalmas?

– Persze, hogy nem – háborodott fel a kérdésen Bonnie.

Fred észrevette Bonnie arcán a csalódást, végighúzta a kezét a lány meztelen combján, majd szájával megérintette az ajkait.

– Mi a kedvenc napod?

– Nekem nincs ilyen – felelte Fred –, fogadjunk, hogy neked a szerda.

– Eltaláltad! – ujjongott Bonnie.

– Kedvenc énekesed vagy színészed?

– Nem is tudom – felelte Fred.

– Kedvenc énekesnőm *Barbra Streisand*, kedvenc színészem *Haumann Péter* ... – mondta Bonnie.

A nap fényesen sütött a tetőtéri teraszra, lassan délre járt az idő, így lementek a műtő elé, hogy megérdeklődjék, hogy mikor lesz a műtét, amihez ki vannak írva asszisztálni. Még bőven volt idő, úgyhogy beszélgetni kezdtek az előkészítőben a kollégákkal, majd hangtalanul ültek egymás mellett a vizsgálóágyon. Kínos volt a csend. Bonnie felkapott egy lila papírt az asztalról és angolul írt rá.

– Fáradt vagy?

– Nem, csak nincsen semmi dolgom.

– Miért nem szólsz egy szót sem?

Fred kellő angolsággal folytatta:

– Jó néha hallgatni a többieket.

– De én szeretem hallgatni, ahogy beszélsz.

– Szeretlek.

– Én is szeretlek. – Fred fogta a papírt, és zsebre vágta.

Gyorsan felvették a műtősruhát. Fred furcsállotta és később szóvá is tette Bonnie-nak, hogy miért fordult el szégyenlősen, amikor át kellett cserélni a ruhát. A lánynak a megrögzött mozdulatok után jutott eszébe, hogy a fiú látta már meztelenül. A fiú ezen röhögött egy darabig.

Frednek hamarabb kellett bemennie a műtőbe, Bonnie még a két francia sráccal beszélgetett, majd egy spanyol diák is csatlakozott hozzájuk. Aztán sétált egy kicsit a folyosón, és mire visszatért az előkészítőbe, látta, hogy Fred halálsápadtan ül kinn a folyosón, a műtő előtti részen, épp cukros teát kért az asszisztensnőtől, s mire megitta, kezdett visszatérni belé az élet. Hamarosan Bonnie következett: mennie kellett a lágyéksérv-műtéthez asszisztálni. Alaposan bemosakodott, majd bement a műtőbe. Benn a kedves adjunktus várta, és rögtön kérdezgetni kezdte tőle az anatómiát. Az anatómiában nem volt annyira otthon, mint a klinikai tantárgyakban, próbált visszaemlékezni a 2-3 évvel korábban tanultakra.

– Bonnie, nem olvastad a könyvet? – kérdezte.

– Sajnos nincs nálam könyv, amiből átismételhettem volna.

– Miért nem olvastad Fred könyvét? – kérdezte, majd hozzátette: – Nem gyakoroltátok ezt a régiót Freddel?

Ezt már a másik kolléga sem bírta tovább hallgatni, és közbeszólt:

– Másik régión gyakoroltatok Freddel, ugye?

Bonnie érezte, hogy felmegy benne a pumpa, de egy darabig szótlanul tűrte a szívtatásnak szánt kérdéseket.

– Nem tapogattad meg működés közben?

– Nem fogja neked elmondani, kérdezzük meg Fredet – szólt közbe a másik doki.

A műtősnő mentette meg a pattanásig feszült helyzetet.

– Ne szívassátok már szegény Bonnie fejét!

Ettől kicsit felbátorodva Bonnie hangosan közbeszólt:

– Tényleg jó lenne, ha a kedves adjunktus úr nem szívatná többé a fejem!

Hirtelen csend lett: mindenki meglepődött, hogy Bonnie határozottan kiállt magáért. Bonnie-nak ez volt az utolsó munkanapja. Kedvelte ezt a kollégáját, de ezek után esze ágában sem volt, hogy elbúcsúzzon tőle délután.

Mire Bonnie kimosakodott a műtőből, ott találta Fredet az ő osztályán, amint épp Bonnie betegét vizsgálta és vette fel a számítógépbe. Bonnie mosolygott; jólesett neki, hogy segít.

Végül Bonnie elbúcsúzott a legkedvesebb hallgatóktól, a franciáktól, a kedves arab doktortól, Asiftól, aki tanítgatta, és dédel-

gette Freddel bimbózó szerelmüket. Asifot a liftnél érték utol. Megpuszilta Bonnie-t, majd beszálltak a liftbe. Asif megszólalt:
– Ahogy elnézlek benneteket, gyakran jössz majd Pécsre, és akkor ne felejts el minket meglátogatni! Igazam van?
Bonnie kérdő pillantással nézett Fredre, s mosolygott.
– Miért nézel így rám? – kérdezte Fred.
Asif oldani akarta a feszültséget:
– Vagy te mész Szegedre.
Erre Bonnie és Fred is mosolyogni kezdtek.
Fred, Asif és Bonnie együtt mentek ki a parkolóba. Fred lemaradt egy kicsit, így Bonnie- nak volt ideje kettesben maradni vele. Bonnie átnyújtott egy papírt Asifnak, és kérte, hogy másnap a reggeli konzultáció után adja oda Frednek. Asif mosolygott, átvette a levelet, megígérte, hogy átadja Frednek.

REMÉLEM, TUDTAM MEGLEPETÉST OKOZNI, HOGY
LEGYEN VALAMI VÁLTOZATOS AZ ÉLETEDBEN
ÉS ELDÖNTSD, HOGY MEGTALÁLTAD-E AZT A
„HAJSZÁLAT", AMI MÉG HIÁNYZIK AHHOZ AZ
ÁTKOZOTT SZÓHOZ ☹ (EZEK UTÁN, AMI TÖRTÉNT)
SZERETLEK!

BONNIE

Gyorsan felugrottak még Freddel a lakásba, hogy keressenek egy igazolványképet. Fred diákigazolványt akart csináltatni, emiatt túrta át a szekrényt fénykép után kutatva. Tervbe volt véve, hogy következő héten a húgával és Andrew-val külföldre utazik. George diszkréten bekopogott hozzájuk és közölte, hogy Fred húga, Ann ideges, mert Fred megígérte neki, hogy ezúttal időben hazaér. George ez alkalommal utálatos volt, Fred pedig azt tanácsolta Bonnie- nak, hogy ne is törődjön vele. Érezni lehetett a feszültséget a levegőben. Bonnie Ann után ment, aki magyarázni kezdte, hogy hálózsákot kell még venni, a kerékpárokat szervizbe kell vinni, pénzt is kell váltani, és erre már nem sok idő maradt. Bonnie és Fred beültek a sárga Trabantba, Ann-t várták, hogy megérkezzen, miközben az EDDA *Utolsó érintés* c. száma hangzott fel a rádióban. Bonnie beleremegett, dúdolni kezdte a dalt.

– Édes istenem! – nyögött fel Bonnie.

– Mi történt? – kérdezte Fred, majd a szöveget meghallván átölelte a lány lábát, aki ezúttal mögötte ült, és Bonnie biztos volt benne, hogy a visszapillantó tükörben nézi az arcát. Szemei teli voltak könnyel. Elindulás után sem engedte el Bonnie kezét, aki egyre erősebben szorította, s Fred megérezte Bonnie összes érzését ebből az érintésből.

Ann végül sietve megérkezett és elnézést kért, hogy olyan utálatosan viselkedett, de félt, hogy nem tudják elintézni az utazáshoz szükséges teendőket. Amikor Fred kiszállt az autóból és végre kettesben maradtak Ann-nel, Bonnie megkérdezte:

– Milyen hűséges a bátyád?

– Azt mondják, ami igaz is – kezdte Ann –, megfordul minden csinos lány után, de ha valakibe szerelmes lesz, megbolondul és igazán tud szeretni – felelte Ann.

Ez a válasz kicsit megnyugtatta Bonnie-t, hálás volt Annnek a szavaiért.

Egész délután mászkáltak, kerékpárszervízbe, Expressz utazási irodába, sportboltba, bankba, a Konzum Áruházba mentek. Fred egy pillanatra sem engedte el Bonnie kezét, időként megcsókolta. Beültek egy helyre inni, Fred ismerte a tulajdonost.

Mikor visszaértek a lakásba mindhárman, Fred szülei már elindultak a kertbe.

Fred hirtelen leült a zongora mellé és komoly arccal eljátszott három dalt: Elvis *Love me tender*-jét, az *I can't help falling in love with you*-t, és a Beatles *Yesterday* című számát. Bonnie énekelte a szövegét, amíg ő játszott. Ennek a pillanatnak varázsa volt, megállt velük az idő, átadták érzelmeiket egymásnak a dalokban, ez a néhány perc örök volt, megismételhetetlen és harmonikus.

Fred hazavitte Bonnie-t a kollégiumba, Ann-nel kimentek a szőlőbe, de Fred megígérte, hogy siet vissza hozzá. Kb. este fél 11-kor érkezett meg sárga Trabantjával a kollégium elé, felment Bonnie-ért, bekopogott az ajtón. Bonnie épp a ruháit hajtogatta a bőröndbe és készült az elutazásra. Fájt neki minden, az öröm is bánat lett hirtelen, de amikor megpillantotta szerelme arcát, felderült egy pillanatra. Amikor beszállt az autóba (nem vette fel a kontaktlencséjét), a hátsó ülésen egy női alakot látott kettő helyett, köszönt neki:

– Hello.

– Hello – köszönt vissza egy idegen hang, ami nem Fred húgáé, Ann-é volt. Bonnie hátrafordult és meglátta, hogy Fred anyukája is ott ült hátul.

– Csókolom – helyesbített a lány –, azt hittem, Ann az.

– Semmi baj – felelt Joan kedves hangján. Szimpatikus volt neki Bonnie, főleg mert látta a lányon, hogy rajong a fiáért.

Most nem a kis szerelmi fészkükbe mentek egyenesen, hanem a szülői lakásba. Bonnie zavarban volt, mert biztos volt benne, hogy mindannyian értesültek a viszonyukról. Először Ann zuhanyozott, majd Fredre is várni kellett.

Fred apukája, George, bevezette a nappaliba. Most nem volt szigorú, mint aznap délután, vagy amikor virágöntözésen kapta őket Fred lakásában. Vicces próbált lenni, mosolygott, megkínálta Bonnie-t itallal és aprósüteménnyel.

– Gyere, igyuk meg a pertut – és önteni kezdett valamennyi tömény italt egy kis pohárba.

Bonnie a fejét rázta, hogy nem kér. Rendes lány volt, sosem ivott még alkoholt. George tukmálni kezdte, majd mikor látta a lány ellenállását, narancslevet töltött neki és beszélgetni kezdtek. Bonnie úgy érezte, vallatószékben ül, de keményen állta a sarat. A végén már az sem érdekelte, hogy George ugyanúgy tudta, mint Joan és Ann, hogy Freddel együtt fogják tölteni az éjszakát.

– Mi a terved, mi szeretnél lenni, ha elvégzed az egyetemet? – kérdezte George.

– Régebben gyermekorvos szerettem volna lenni, de rájöttem, sajnálom a kicsiket, inkább felnőttekkel szeretnék foglalkozni. Belgyógyász szeretnék lenni, illetve nagyon érdekel az endokrinológia, a pajzsmirigybetegségekből írom a szakdolgozatomat.

– Mivel foglalkoznak a szüleid – tette fel a következő kérdést faggatózóan –, és mennyi idősek?

George az orvosi egyetem egyik tanszékén volt egyetemi adjunktus, és feltette magában, hogy a fiából is hasonló rangú orvost farag, ha a fene fenét eszik is, és megválogatja azt a lányt, akit a fia közelébe enged.

– Anyukám jogász, 52 éves. Apukám közlekedésszervezéssel foglalkozik, ő 61, rokkantnyugdíjas.

– Sportolsz valamit?

– Jelenleg semmit, szeretek úszni és sokáig balettoztam, majd jazzbalettoztam.

George végignézett a lány vékony, magas termetén, melyen látszott a jazzbalett minden jótékony hatása, és kezdett derengeni neki, hogy a fia miért szeretett bele ebbe a lányba. Szerény volt, szép, szimpatikus.

– Milyen az élet a kollégiumban?

– Egészen tűrhető. Így nyáron alig lakik ott valaki. Otthon, szorgalmi időszakban viszont nem bírnék kollégiumban lakni.

– Látsz valami különbséget a két egyetem között?

– Nagyon tetszik, hogy sokkal többet engednek meg itt a hallgatóknak, hogy szabadon írhatnak a számítógépbe, nem csak a kórlapba – fejtette ki Bonnie.

Eszébe sem jutott, hogy neki is volna joga kérdezni Fredről vagy bármiről, csendben ült a kanapén. Ahogy egy jól nevelt kislányhoz illett.

Tizenegy fele Fred is megjelent, frissen, illatosan, kézen fogta Bonnie-t és elhatározta, hogy társaságba viszi. Eve-hez vitte, ki a városból, olyan utakon haladtak a sötét éjszakában, amerre Bonnie még sosem járt. Eve az áruházban dolgozott, akkor találkoztak vele, amikor a kazettát mentek másoltatni előző nap. Kedves lány volt. Ő és a barátja épp most vettek egy házat. Bonnie furcsállotta, hogy ilyen későn mennek haverokhoz, de nem kérdezett semmit. Ebben a házban a lakók elmondása szerint furcsa, misztikus dolgok történtek. A ház sötét volt, és egyáltalán nem volt bizalomgerjesztő. Eve barátja szerint éjjel a fürdőszobában magától folyni kezd a forró víz, furcsa hangokat rögzít az üzenetrögzítő, éjjel megmozdul a csillár a nappaliban. A fiúnak – akit Leslie-nek hívtak – jó volt a humora, most akart felvételizni az orvosi egyetemre, Fred apja készítette fel az egyetemi felvételi vizsgákra.

– Gyertek el a házavatónkra, várunk benneteket szeretettel – mondta Eve, miközben Fred a kanapén ült Bonnie-t átölelve, és a korsó söréből kortyolgatott. Fred engedte Bonnie-nak, hogy kortyoljon a söréből. Azelőtt még sohasem ivott sört. Lehet, hogy a végén megkedveli – gondolta Bonnie

– Idejében találjátok ki, mikor lesz a házavató, mert Bonnie Szegedről jön, és meg kell még vennie a vonatjegyet – kuncogott Fred. Ezt olyan természetességgel mondta, hogy Bonnie hitt neki: elképzelte, milyen jó lesz együtt újra, sokáig, míg áll ez a világ.

– Jövőre elmehetnénk Franciaországba! Mi a véleményed, Fred? – ujjongott Leslie.

Bonnie csak ült a kanapén és hallgatta, hogy a fiúk anekdotáznak olyan emberekről, akiket ő nem ismert, és jókat nevetnek közben. Udvariasan elmagyarázták neki, hogy kikről van szó, de végül nem értett a társalgásból semmit, és inkább csöndben maradt.

Fredet nézte és nem értette, hogy az utolsó éjszakájukon – amikor minden percet együtt tölthetnének – mit keresnek itt, mit keres ő itt két idegen emberrel. Figyelte őket, mintha egy függönyön keresztül nézné az eseményeket. Éjjel kettő fele búcsúzkodni kezdtek, Leslie kedvesen megpuszilta Bonnie-t, majd átölelte búcsúzóul.

– Féltékeny leszek! – vigyorgott Fred.

Hazaérkezve Fred rögtön a hálószobába vitte, gyengéden az ágyra húzta és vetkőztetni kezdte, és csókolta, ahol érte.

– Hol jó neked? – kérdezte Fred, mert elhatározta, hogy hatványozottan figyelmes lesz a lánnyal, ezúttal el fogja juttatni a csúcsra.

Sok idő telt el, amíg csak csókolták és simogatták egymást, Fred figyelmes szerető volt. Most már ismerte Bonnie erogén zónáit és játszadozni kezdett rajta, mint a zenész a hangszerén. A lány apró nyögéseiből jól tudta, elérkezett az idő, s merev péniszével belehatolt. Bonnie újra küzdött az érzésekkel: már majdnem érezte, hogy eljut a csúcsra, mikor minden megszakadt, és hirtelen nem érzett már semmit. Fred haragudott magára, majd hirtelen taktikát változtatott: simogatni kezdte a lány csiklóját, majd a nyelvével is ingerelni kezdte. Így juttatta el Bonnie-t a csúcsra a rövid éjszaka alatt három alkalommal.

– Nem értem, miért nem érzek semmit, pedig kívánlak és jó, amikor belém hatolsz, illetve érzek valamit, de elmúlik, mielőtt jó lenne.

– Jó lenne, ha megismernéd a tested. Lazíts, itt és most mindent szabad – oktatta Fred, majd megmutatta, hogy neki mely érintések a kellemesek. – Ne légy félénk! – biztatta.

– Pedig én szeretlek.

– Én is szeretlek, kicsim – csókolta szájon Bonnie-t.

Bonnie csak nézte Fred barna szemeit, és hirtelen kíváncsi lett, ki volt előtte.

– Mikor szeretkeztél először? – kérdezte kerekre nyílt szemmel.

– Tizenkilenc éves voltam, a Trabant hátsó ülésén történt, de pettingelni már jóval korábban kezdtem.

A lány gyors fejszámolásba kezdett. A Rózsakerten töltött este után azt mondta, hogy most ért véget egy ötéves kapcsolata. Végül is teljesen mindegy, mit mond – hessegette el a gondolatot Bonnie.

Bonnie érezte Fred minden mozdulatából, hogy tapasztalt férfi, nem érdekelte, ki lehetett az a nő először, és hányan voltak tehát az elmúlt öt évben. Most ő volt itt vele és boldog volt, bár kicsit csalódott, hogy nem együtt jutottak el az orgazmusig.

Fred érezte újra a vágyat, és merev péniszével Bonnie-ba hatolt. Bonnie is érezte a testében az egyre erősödő vágyat, mely orgazmusban való be nem teljesedése szinte fizikai fájdalmat okozott neki. Fred az utolsó pillanatban szállt ki a lányból, Bonnie érezte, ahogy a fiú spermája a hasára csepeg.

– Csak azért van, mert az utolsó percben kiszálltam.

Bonnie észre sem vette, hogy nem húzott fel gumit.

– Mit érzel orgazmus közben?

– Nem tudom elmagyarázni – mondta Fred. Bonnie látta a kielégülést Fred szemében, amikor a csúcsra jutott.

Reggel hatig feküdtek így egymást átölelve, egy szemhunyásnyit sem aludtak.

– Amikor először megláttál, biztos voltál benne, hogy ágyba viszel? – kuncogott Bonnie.

– Majdnem biztos.

– Mindenben mindig biztos vagy?

– Igen – felelte Fred.

Néma csend következett, majd Fred szorosabban ölelte Bonnie-t.

– Minden porcikámmal érezni akarlak – mondta Fred.

Bonnie is érezte, majd gyomrában remegő félelemmel megkérdezte:

– Mi lesz velünk ezután?

Fred megígérte az augusztus 23-át, hogy elmennek a Balatonra együtt, barátokkal.

– Nem lesz időm Szegedre menni, dolgoznom kell, mert adósságom van. Jöhetsz Pécsre, aztán majd meglátjuk.

Bonnie elővett egy papírt, gyorsan leírta a nyaralójuk címét, az otthoni címüket és a telefonszámukat, és hozzátette:

– Itt van a címem és a számom, de ne várd, hogy először én írjak vagy telefonáljak.

– Nem szeretek leveleket írni és időm sincs írni, de írhatsz.

– Nem fogok – mondta Bonnie, és összeszorult a torka. Rövid csönd következett, majd Bonnie Fred szemébe nézett és határozott hangon mondta:

– Igazán akarom tudni, és tőled akarom hallani, ha vége.

– Mindig őszinte vagyok, meg fogom neked mondani – felelte Fred. – Most mi a baj? Olyan boldog voltál néhány perce.

Bonnie érezte Freden az Old Spice illatát, remegő gyomorral kelt fel mellőle készülődni.

– Menjünk vissza a kollégiumba, nehogy a szüleim hamarabb megérkezzenek értem és ne találjanak a szobámban.

Fred nevetni kezdett és viccet csinált Bonnie aggodalmából: – Én leszek az első, aki felvilágosítom őket, hogy a kislányuk egy egész éjszakát együtt töltött egy fiúval.

Végül nagy nehezen elindultak. A kocsiban hosszú percekig ültek a kollégium előtt, Fred csókolta és csókolta, nem akarta felengedni Bonnie-t a szobájába; azt akarta, hogy várják meg Bonnie szüleit a kocsiban.

Bonnie kiszállt az autóból és elindult be a kollégium kapuján, de Fred visszahívta, hogy megmondja, szereti. Bonnie babonás volt, nem fordult vissza, határozottan ment fel a lépcsőn és nem nézett vissza, csak hátraintegetett.

– Jó utat hazafele! – hallotta Fred hangját.

A két portás, akik épp műszakot váltottak, végignézték, ahogy Bonnie és Fred csókolóztak az autóban. Bonnie elhaladt a portásfülke mellett, végre felnőtt nőnek érezte magát, úgy gondolta, nincs miért szégyenkeznie, hogy reggel jön haza.

Bonnie épp a bőröndjét zárta be, amikor csengett a telefon a kollégium folyosóján. Fred volt az, a klinikáról még a reggeli referáló előtt hívta fel, érdeklődött, hogy megérkeztek-e Bonnie szülei.

– Szeretlek, Bonnie – suttogta Fred a telefonba. Alig félórája váltak el. Bőrükön még ott volt a másik izzadsága, a szerelem illatos párája.

– Én is szeretlek, de értsd meg, hogy le kell tennem – suttogta Bonnie, aztán megérdeklődte, hogy találkozott-e Asiffal.

– Nem, még nem láttam ma reggel – válaszolt Fred. Bonnie megkönnyebbült, hogy nem a búcsúlevele miatt hívta fel Fred őt ilyen hamar. Hiányzott neki.

Fülében hallotta a jól ismert Bad Boys Blue-dalt és dúdolni kezdte: *Lovers in the sand. Walking hand in hand. And dreaming of the last night we shared …*

Évtizedekkel később

Bonnie jól tudta, hogy fordulóponthoz érkezett az élete. Még egy legutolsó beszélgetésre volt szüksége, hogy lezárjon mindent magában, végérvényesen. Az érzéseit mind leírta, nincs mit hozzátennie, teljesen megnyugodott. Egy hölgy azt jósolta neki, hogy valaminek még történnie kell Fred és Bonnie közt, függenek még mindig egymástól, és ez nem jó. Bonnie elhatározta, hogy megírja ezt a történetet, akkor ő tesz pontot mindennek a végére és elveti a jóslatot.

Eddig Fred kísértette az életét, de neki már nincs rá szüksége. Eszébe jutott kedvenc gyermekkori meséje, Marék Veronikától a kis piros oroszlánról, aki ott ült a főhős zsebében, és az ettől a tudattól volt bátor, majd egy napon a kis piros oroszlán elment egy másik gyermekhez és egy búcsúlevelet hagyott hátra azzal a szöveggel, hogy most már bátor lehet a gyermek nélküle is. Gyermekként nagyon sokszor megsiratta a mese végét. Párhuzamot érzett kedvenc könyvei, filmjei, zenéi és a saját élete között. Most is letörölt egy könnycseppet a szeméből … Itt az ideje, hogy kitegye a kis piros oroszlánt a zsebéből …

Büszke volt magára, arra, amit elért a munkájában. A szakvizsgáira, a vadonatúj rendelőjére, a magánpraxisára, az első regényére, amin épp dolgozott, a két szép és okos felnőtt gyermekére, a kapcsolatára Charlie-val, az egymás iránti hűségükre, és most a kis, pécsi lakásra, az ékszerdobozára, amire alkudott és megvenni készült, s amit úgy újít majd fel, ahogy neki tetszik, akkor jön el ide, amikor csak ideje engedi, akkor megy a Havi-hegyre, ha a lelke megkívánja.

Huszonhat év telt el azóta. Bizonyított magának és Frednek, hogy a távolság nem akadály, ahogy Fred hitte régen, most hétvégenként könnyedén meg fogja járni a Szeged–Pécs utat. Az egymás iránti hűség sem kivitelezhetetlen: huszonhárom éve élt a férjével szeretetben, szerelemben. Mindent teljesített, amit célul tűzött ki magának, és ami egykoron lehetetlennek tűnt. A férje oda jön vele, ahova csak menni akar, követi bárhová, segíti mindenben ... Még az sem zavarja, hogy Pécsett vett lakást. Olyan szeretetszövetség az ő életük, melyet nem sok párnak sikerülne leutánozni.

Megbocsájtott magának, de főleg megbocsájtott Frednek. Ugyan büszke volt rá, hogy lassan, mérnöki pontossággal felépítette újra kettőjük barátságát a nulláról, szakításuktól a mai napig ... Kapcsolatuk nem úgy végezte, mint Fred összes többi kapcsolata a vélt szeretőivel. Nem egy megválaszolatlan levél volt többé Fred fiókjában, mint a többi, hanem hús-vér, időnként eltűnő, majd előtűnő barát, régi emlék. A barátja szeretett volna lenni a fiúnak, akit akár az éjszaka közepén is felhívhat, ha akkor születne meg egy gondolat, amit meg akar osztani vele, és a lány próbálkozott, de sokszor úgy érezte, hiábavaló. Várta, hogy megcsörrenjen a telefonja, és Fred minden hátsó szándék nélkül megkérdezze, hogy van. Teltek hónapok, teltek évek, és Bonnie nem értette, hogy az a fiú, aki annak idején folyamatosan beszélt hozzá, most miért van csöndben, mintha nem lenne számára mondanivalója. A lány megváltozott, szeretett beszélgetni, és furcsállotta, hogy pont Freddel nem tud szót váltani, annyi más, számára jelentéktelen emberrel pedig igen.

Hiába és sokáig várt.

Bonnie nap mint nap imádkozott a nagymamájához, aki őt a világon a legjobban szerette, hogy bocsásson meg ő is ott a mennyországban Frednek, ne büntesse tovább betegségekkel és válással, magánéleti problémákkal. Mindketten megbűnhődtek már mindenért ...

Vége van ...

Írt egy utolsó levelet Frednek; hitte, hogy másnapra újjászületik, ha elküldi. Mire nehezen megszülte a levelet, már nem akarta elküldeni, nem lett volna értelme:

„Most ezt olvasd el figyelmesen, utoljára, mert ez az utolsó és egyben túl őszinte levél, ami tőlem érkezik. Lehet, hogy magyarázatra szorul előző levelem, melyben az egészségmegőrzéséért kampányolok, de kell, hogy meglásd az összefüggéseket.

1995-öt írtunk, halálosan szerelmes voltam abba a mosolygós fiúba, aki mindent megtett azért, hogy megszerezzen magának, és végül sikerült is neki. Idővel ebből az érzésből szeretet lett, nem gyűlölet, ma sem értem, miért. Gyűlölet helyett mindig azt kívántam, hogy ha már nekünk nem sikerült, hát legyél boldog valaki mással.

Visszagondolva (utólag mindig bölcs az ember) sosem mondtad ki, hogy szeretsz, kivéve az első éjszakánkon, egyetlenegyszer. (Persze erre már homályosan emlékezett.) Sokáig nem értettem magam, miért kell nekem, hogy gyakran kimondják, hogy mennyire szeretnek, mire rájöttem, hogy ez miattad volt. (Mára nálunk szinte szállóigévé vált, amikor Charlie *szeretlek* mondatára kapásból, teljes spontaneitással azt válaszoltam, mintha csak tőled tanultam volna: *Na és, mi ebben az újság?*, és közben majd' elsüllyedtem szégyenemben, mert én nem ezt akartam.)

Amikor az öltözőben felírtam a táblára: „I love You", te megkérdezted, ki az a You, magabiztosan mosolyogtál, én pedig csak annyit vártam volna, hogy azt válaszold: – Én is.

Amikor a vizsgád előtt kis cetlit adtam át azzal, hogy érzem a kisugárzásodat, azt válaszoltad, ha zavar, elülhetsz máshova. Ezt a cetlit máig szomorúsággal őrzöm.

Gyűlölhetnélek, mégis szeretetet érzek, szeretném most is, hogy neked jó legyen, vidám és boldog légy.

Igaz, nem ígértél semmit, csak az augusztus 23-át, a balatoni utat, mégis bíztam benne, hogy több is lehet belőlünk. Képes lettem volna megvívni a csatát a szüleimmel, hogy átjelentkezhessek a POTE-ra, ha ez számodra szerelem lett volna és nem kaland. (Azóta, ha csak lehet, nem megyek sehova augusztus 23-án, ha tehetem, mert pl. hétvégére esik ez a dátum, mintha kitöröltem volna azt a napot a naptáramból, ránézni is rossz erre a dátumra. A dátumokat megnézve azért dobott néhány fricskát az élet: július 18., a veled töltött első éjszaka, július 17 az esküvőm; augusztus 23 a balatoni út, augusztus 22 az eljegyzésem; november 16 a szülinapod, november 12 pedig Charlie szülinapja.

Most is összeszoruló torokkal emlékszem vissza arra a délutánra, amikor feltettél a buszra hazafele és tudtam, hogy nem látlak többé. Máig hallom a fülemben a hangodat, a cinikus hangsúlyt: *Ha menni akarsz, hát menj el!* Nem bírtam hazamenni, nem akartam, hogy lássák otthon rajtam, hogy mi történt. A barátnőmnél, Carolnál töltöttem néhány napot, hogy összeszedjem magam és úgy menjek haza, hogy ne látsszon rajtam semmi. És SENKI SEMMIT nem vett észre, és lehet, hogy tapintatból, de nem kérdezett. Minden érzést magamba fojtottam és úgy éltem az életemet, mintha nem történt volna semmi. Később persze kiderült, hogy ez túl nagy áldozat volt a részemről. Egy év múlva, 1996. június 4-én visszakaptam tőled a leveleimet postán – amiért majdnem egy évet könyörögtem, hogy küldd vissza és végre lezárhassak magamban mindent –, de akkor már késő volt. Szerettem volna, hogy az én levelem ne legyen ott a többi között a fiókodban, azok között a levelek között, amiket régi barátnőktől kaptál és talán sosem válaszoltál rájuk. Mire visszaküldted a levelem egy borítékban egy sor magyarázat nélkül, igen, akkor már túl késő volt. Azért, hogy újra lássalak, jelentkeztem egy angol nyelvű, endokrin témájú előadás tartására Pécsett. El tudsz engem képzelni (akkoriban még szerény lány voltam), leküzdtem a lámpalázamat és kiálltam angolul előadni, csakis, hogy újra lássalak. Még Andrew-t is beavattam a tervembe. Csak a kedvedért szerettem volna meglepetésként érkezni, hisz' úgy szeretted a meglepetéseket. Egy évet vártam arra az éjszakára, ami a koliban történt, és nem maradtál velem reggelig, inkább kimásztál a kerítésen. Volt képed megkérdezni, hogy mikor voltam utoljára pasival. (Tudnod kell, hogy rajtad és a férjemen kívül nem volt az életemben más.) Másnap biliárdozni mentünk: te, én, a barátnőm és Andrew, és nem volt folytatás. Emlékszem, amint ott ültem szökőkút szélén a székesegyház előtti parkban és meg akartam halni. A barátnőm felrázott és megesketett, hogy soha többet nem fekszem le veled és ott ígéretet tettem, hogy újrakezdem az életemet.

Nem telt el egy év, 1997-ben diagnosztizálták az autoimmun hepatitisemet, a májbiopszia után sem volt benn nálam senki a kórházban, hogy fogja a kezem, telinyomtak szteroiddal, max. 10 éves túlélést jósoltak. Az orvos megkérdezte, hogy milyen lelki trauma ért, én pedig elmeséltem.

Felálltam a padlóról. Dolgozni kezdtem. A vidéki kis kórházban négy orvos udvarolt egyszerre, köztük Charlie, akiről azt mondták az idősebb kollegák, hogy olyan a természete, mint az enyém, és mindent megtettek, hogy összehozzanak vele. Igazuk volt. Vicces és egyszerre zavarba ejtő volt, hogy aznap, amikor az autóbalesetem volt, mind a négy srác felváltva látogatott, te pedig hosszú idő után pont akkor hívtál, azon a napon, amikor a balesetem volt, és a munkahelyem traumatológiai osztályán feküdtem. Valami intuíciód neked is lehetett, hogy hosszú idő után pont aznap kerestél otthon telefonon, és ott tudtad meg, hogy mi történt velem. Charlie kísért ki a folyosóra a telefonhoz, mert lábra is alig tudtam állni. Ő is zavarban volt: azt hitte, van valakim.

Egy év múlva, útban Korfu felé a repülőn Charlie megkérte a kezem. Szerelmesek voltunk mindketten, és én végre újra boldog. Sajnos nem hittem el, hogy valóban beteg vagyok, és abbahagytam a szteroid szedését. 20 ezres fehérvérsejtszámmal, 600-as GPT-vel, fedett duodenum perforáció gyanújával feküdtem a sebészeten, és Charlie ott ült mellettem, fogta a kezem, a közös jövőnket tervezgettük. Szerelmes voltam belé és együtt sírtunk, hogy a szteroidszedés miatt talán sosem lehet egészséges gyerekem. Képes volt megkeresztelkedni a kedvemért, hogy templomban esküdhessünk. (Igaz, már nem voltam szűz az esküvőmön, mint ahogy elképzeltem kislány koromban, de Charlie-nak ez sem számított, szép templomi esküvőnk volt.) A Jóisten végül kettő, szép egészséges gyermeket is adott nekünk, mely terhességek alatt abba lehetett hagyni a szteroid szedését. A mai napig itt vagyunk egymásnak jóban-rosszban, támogatjuk egymást, ő a másik felem. Felneveltünk két gyermeket, összetettük, amink van, dolgoztunk sokat, és a mára megvan mindenünk, amire valaha vágytam: szép rendelőm, szakvizsgáim, egzisztenciám, két okos, megfelelő értékítélettel rendelkező gyermekem. Charlie mindig itt állt mellettem féltő szeretettel. Most is. Ott volt mellettem többek közt akkor is, amikor a Havi-hegyről lekiáltottam a világnak, hogy hurrá, sok intézeti akkreditációs hiányosság után végre megvan a második szakvizsgám is, és megérti, ha néhanapján elzarándokolok a hegytetőre, hogy könnyítsek a lelkemen. Charlie nem csak a férjem, szerelmem, a szeretőm, a gyermekeim apja, hanem a legjobb barátom is, akinek MINDENT el lehet mondani. Nem volt és nem lesz előtte titkom. Amióta a gyerekek felnőttek, még több időnk van egymásra, boldogok vagyunk. Szerencsésnek mondhatom magamat.

Másfél éve azonban mindezek mellett valami hiba csúszott a gépezetbe: álmaimban megjelensz. Van, hogy folytatásos álmaim vannak, melyben hol sírsz, hol egy elveszett jade fülbevaló párját keresed, hol valami pénzről van szó. Anyukád dühös, fehér lepelbe van csavarva a tested, elönti a koszos víz a faházadat, és nincs hova hazamenned. Tudtam, hogy baj van, csatakosra leizzadva ébredtem, ébredés után úgy éreztem egész nap, hogy ülnek a mellkasomon. Végül ezért akartam megtudni, hogy mi a baj. Nem tudom, hogy csinálod, de a lelkem egy darabja valószínűleg nálad maradt, ha ilyesmiben hihet valaki egyáltalán.

Azt tanácsolom, beszéld ki magadból a rosszat, kezdd újra az életedet tiszta lappal, és belőlem okulva mesélj Andrewnak arról, amit érzel ebben az élethelyzetben, amibe most kerültél. Ne akard, hogy úgy járj, ahogy én, hogy a szép románcból csak néhány portalis lymphadenopathia, pár felszedett kiló és itt-ott megjelenő haematoma maradjon. Igen, muszáj lazítani, elengedni magad, kiűzni a rosszat a gondolataidból, erre muszáj időt szakítani.

KÉRLEK, NE VÁLASZOLJ, már nem fontos. Amikor kérdéseim lettek volna, akkor csak bölcsen mosolyogtál. Tudom, hogy pont rosszkor zúdítom ezt rád, de fontos, hogy megértsd, miért papolok az egészségről. Igazából arra törekszem, mint már említettem, hogy új alapokra helyezzem a kapcsolatunkat: a barátod szerettem volna lenni, aki ott van, ha kell és segít. Azt szintén mondtam, hogy örökre szeretni foglak, ezen az idő sem változtat, de most már úgy, mintha a húgod lennék.

Három dal van, amiről mindig te jutsz eszembe: a *Szabadság vándorai* – ilyen szabadok és boldogok voltunk együtt. Belinda Carlisle: *La Luna* – ez a dal az első szerelmes, vágytól fülledt éjszakánkat idézi, és végül a búcsú, Ákos dala, a *Dúdolni halkan.*

Visszagondolva azért több mindenért is köszönettel tartozom neked. Nélküled nem lettem volna soha az a céltudatos, magabiztos, saját szexualitásával egyensúlyban élő nő, aki nem csak elvárja, hogy kapjon, de adni is tud egy kapcsolatban. Mindig pontosan kifejezem, hogy mi jó nekem, és azt meg is követelem, hogy megkapjam. Nincsenek kompromisszumok. Mellettem nem unalmas az élet, pörgök ezerrel, szervezkedek, összetartom a családom. Charlie azt mondja, hogy felnéz rám, mert nemcsak szép, hanem okos is vagyok, mindent megszervezek körülöttünk, amiért csodál, de közben nem győzi kapkodni a fejét és tartani velem az iramot. Az egyik cél elérése után már kitűzöm a következőt, ez éltet, ettől vagyok boldog, hogy apró léptekkel, precíz, türelmesen kidolgozott tervek alapján küzdök a céljaink megvalósításáért. Charlie gyakran elmondja (és ez nagyon jólesik), hogy jó velem élni, hogy milyen szerencsés ember ő, és titkon hálát ad neked, hogy akkor hagytál elmenni. Csak igazán ritkán hív *Hárpicúr*nak, de olyankor is inkább mosolyog, mosolyog a szeme is, amikor rám néz, csóválja a fejét, majd megcsókol. Sajnos a hibáimmal is tisztában vagyok: még mindig odaadom az egész lelkemet a társamnak, de szerencsére ezt a mellettem élő férfi nem használja ki úgy, mint tetted velem egykoron. Még a mai napig is minden percemet azzal akarom tölteni, akit szeretek, és ő mára partner ebben. Minden titkom mélyen eltemetve ott van nála, mintha a tenger fenekén lenne, ahonnan a legszerencsésebb gyöngyhalász sem tudja felszínre hozni. Nyitott könyv vagyok számára, megtanult belőlem olvasni.

Ahogy ezt a regényt írom sok-sok délutánon keresztül csendesen benyit a szobába kezében egy csésze forró, gőzölgő, habos kávéval. Nem is hallom, mikor lép be, leteszi a kávét elém az asztalra.

– Hogy haladsz, Bonnie? – kérdi aggódva. (A folyosóról hallotta, hogy percek óta nem ütöm le a billentyűket. Mindig észreveszi, hogy Bonnie érzelmi hullámvasúton ül, ahogy írja ezt a könyvet.)

– Jól – hangzik a válasz, Bonnie torka elszorul, és szemében megjelennek a könnyek. Charlie lehajol feleségéhez és forrón megcsókolja. Sejti, hogy Bonnie milyen sorsot szán a regénynek, de nem érdekli, bízik benne, hogy köztük utána sem változik semmi, az asszony örökké hű marad hozzá.

2021. október

Októberi szombat délelőtt volt, verőfényesen sütött a nap, a ház előtt elbúcsúzott az ingatlanközvetítőtől, a régi tulajdonostól, az ügyvédtől.

Kezében szorongatta lakása kulcsait, szeme megtelt könnyel. A város már hivatalosan is része lett az életének. Hihetetlen volt, hogy a Búza téren – ahol most az adásvételi szerződést írták alá huszonhat évvel később, mint ahogy először járt itt – újonnan épült, modern házak, irodák és boltok sorakoztak. Charlie fogta a kezét és érezte Bonnie minden rezdüléséből, hogy boldog, elérte a célját. Átvágtak a téren és pár perc séta után megérkeztek a házhoz, ahol a lakásuk volt, közvetlenül a Havi-hegy lábánál. Charlie megállt a ház előtt és egy szépen becsomagolt kis dobozt vett elő a zsebéből, és átnyújtotta a feleségének. Bonnie értetlenül nézve férjére kicsomagolta az eddig gondosan elrejtett kis ajándékot. Egy réztábla volt benne, szép cirádás betűkkel mindkettőjük családneve volt belevésve. Bonnie akkor már nem tudta visszatartani a könnyeit, Charlie pedig forrón megcsókolta. Tudta, hogy másnap, amikor bútorok híján a padlón átaludt éjszaka után Bonnie-val felébrednek új lakásukban, piaci nap lévén a Búza téren kinyitott új piacról hoz neki reggelit ...

Utószó

2022. augusztus 4-e volt. Az égiek válaszút elé állították: Fred vagy a Havi-hegy. Öt órakor találkozott Freddel a főtéren, hét órakor kezdődött a havi-hegyi búcsú, melyre azóta szeretett volna eljutni, amikor először meglátta a templomot. Ültek a Mecsek cukrászda teraszán és Bonnie kereste az ötven éves férfiban azt a vidám, vicces fiút, akit valaha úgy szeretett. Helyette egy megfásult, csalódott, szomorú férfit látott, aki némán tűrte a magányát, a betegségeit, és teljes egészében a munkájába temetkezett. Súlyos diabetese ellenére Bonnie-hoz hasonlóan jeges kávét rendelt sok tejszínhabbal. Nagyon sajnálta mindenért …

Fél hét fele Bonnie megkérte, hogy vigye fel autóval a hegyre. Az asszony beült az első ülésre, lábainál tucat összenyomott energiaitalos doboz hevert. Átfutott az agyán, hogy összeszedi és kidobja őket, de nem volt a közelben szemetes. Amint a sétányhoz értek, Fred megállította az autót.

– Szállj ki, meg akarlak ölelni – mondta Bonnie parancsoló hangon Frednek.

A férfi engedelmeskedett. Bonnie két karjával akarta ölelni Fredet, és várta, hogy ahhoz hasonlóan fel tud töltekezni az ölelésből, mint amikor Charlie-t kéri, hogy ölelje meg. Fred fél kézzel ölelte, lazán, majd megpuszilta az arcát. Az asszony csalódottságában érezte, hogy nincs értelme tovább húzni az ölelés idejét és a búcsút. Hátizsákjából elővette **A lélek húrjai** című könyvét, és Fred fele fordult.

– Szeretsz olvasni?

– Igen – hangzott a bizonytalan válasz.

– Akkor olvasd el – mondta Bonnie csendesen.

Fred ránézett a könyvre – nem ismerte az íróját. Ki a fene lehet az a Bonnie Marcelé? – gondolta, de elvette a könyvet.

– Mikor jössz újra? – kérdezte Fred.

Bonnie érezte, hogy ennek már nincs jelentősége.

– Nem tudom – hangzott a válasz.

Bonnie sarkon fordult, és amilyen gyorsan csak tudott, egyenes háttal elindult a sétányon. Nem nézett hátra. Bonnie érezte, hogy a férfi hosszasan néz utána. Szeméből, mint az árvíz, patakzottak a könnyek. Szemére húzta napszemüvegét, hogy senki se lássa, hogy zokog, mint egy kisgyerek. Ránézett a telefonjára. Tizenegy percet késtem – állapította meg, és bekapcsolódott a misébe, miközben vigasztalhatatlanul sírt tovább.

Vége

2022.

Köszönetnyilvánítás

A legfőbb köszönet legjobb barátnőmet, Carolt illeti, aki megőrizte hosszas éveken, évtizedeken keresztül az angol nyelven írt naplót, Bonnie naplóját, amiből ez a regény született. Csodálom a mai napig, hogy egyetlenegy érzés sem tudja felkavarni, mindig a logika útján halad élete folyamán, és köszönöm neki, hogy vissza tud rántani az érzelmek, az álmok világából a földre, a valóságba.

Köszönetet szeretnék mondani Charlie-nak, aki támogatott az írásban és mindig hitt bennünk, akkor is, amikor ez a könyv íródott, felkavarva az érzéseimet, de a legőszintébben neked köszönöm, Fred: nélküled soha nem váltam volna íróvá.

Köszönöm a kiadónak, hogy hitt bennem.

Bonnie Marcelé

A szerző

Bonnie Marcelé 1973-ban született Szegeden,
értelmiségi családban. A kezdetektől nagy
hatással volt rá a zene és az irodalom. Felemenői
között (nagyapja, dédnagyapja) festőművészek
szerepelnek, akiknek a képei körülveszik otthonában,
és mindennap csodálattal töltik el. Korán kitűnt,
hogy képzőművészethez nincs tehetsége, ez
inspirálta arra, hogy keresni kezdje az önkifejezés
egyéb módjait. 12 éves korában írta első versét.
Mindig fontos volt számára a belső gondolatok,
érzelmek pontos kifejezése, melyre az irodalmat
tartja a legalkalmasabbnak. Hisz a sorsszerű
dolgokban, s hogy életünkben nincsenek véletlenek.
Hisz a megérzésekben és az összetartozásban.
Kisgyermekkorában nagymamája olvasott fel verseket,
meséket, regényeket, melyek a mai napig nagy hatással
vannak az életére, szabadidejének szinte minden
percében zenét hallgat. József Attila a kedvenc költője.
Az általános és középiskolát Szegeden végezte,
1997-ban végzett a SZTE Orvosi Karán. Egyetemi évei
alatt Bonnie álnéven jelentek meg versei az egyetemi
újságban. Jelenleg is orvosként dolgozik.